# Belle
# et Sébastien

**NICOLAS VANIER**
**avec la collaboration de Virginie Jouannet**

# Belle et Sébastien

**ROMAN**

D'après le scénario du film « Belle et Sébastien »
écrit par Juliette Sales – Fabien Suarez – Nicolas Vanier,
produit par Radar Films – Epithète Films –
Gaumont – M6 Films – Rhône-Alpes Cinéma.
D'après la série « Belle et Sébastien »
écrite et réalisée par Cécile Aubry.

hachette

*À nos deux Sébastien,*
*Mehdi et Félix*


Hachette Livre, 43 quai de Grenelle, 75015 Paris.

# PREMIÈRE PARTIE

# Chapitre 1

Dans le ciel de ce matin d'été, la menace planait. Alertée par une ombre fugitive, une vieille marmotte émit un sifflement d'avertissement. Aussitôt, la colonie fila vers les galeries souterraines, mais déjà l'aigle avait plongé. Il saisit un marmotton dans ses serres. Sur le pic, deux aiglons affamés réclamaient de la viande.

— Tu l'as vu ?

Le vieil homme se tourna vers son petit-fils, dont le visage exprimait le chagrin.

— Tu crois qu'il va souffrir ?

— Il est sans doute déjà mort. C'est la loi de la nature.

— Est-ce qu'elle est méchante ?

— Jamais. Mais elle peut être dure. Pourquoi crois-tu que l'on chasse ?

Il désigna son fusil, puis celui de l'enfant, en bois, reçu deux mois plus tôt pour ses huit ans. Mais le petit secoua la tête.

— Une balle, ça tue d'un coup ! On ne souffre pas !

Voilà bientôt une heure qu'ils avaient quitté la forêt pour attaquer le versant nord du massif. Au-dessus des pentes semées de fleurs, la roche affleurait, et le mauve des saponaires faisait place aux rares fleurs jaunes du génépi. Un groupe de tétras jaillit d'un taillis. Le vieux les laissa aller, sans faire mine d'épauler. Son souci, un instant oublié, revint l'assaillir quand il aperçut la trace sur le sentier. Il fit signe à l'enfant d'approcher.

— Regarde. Une empreinte pareille, c'est pas un loup. C'est la Bête.

Il murmura :

— Elle a filé par la ligne de crête. On va la suivre et avec un peu de chance…

— Tu veux la tuer, papé ?

— Trois moutons, qu'elle m'a égorgés ! Si je la laisse continuer, c'est nous qu'elle fera crever de faim.

Il fouilla dans sa poche pour en tirer une balle qu'il engagea d'un geste rapide dans le canon de sa vieille Mauser.

— À présent, je veux que tu restes silencieux. Pas un bruit !

L'enfant acquiesça. Son grand-père n'avait pas l'habitude de s'énerver pour rien, mais la Bête avait attaqué le troupeau. Elle devait mourir.

# Chapitre 1

***

Ils marchèrent encore une heure avant d'atteindre le col. Pas un souffle de vent ; les rapaces avaient déserté le ciel de plein midi.

L'homme et l'enfant stoppèrent à l'ombre d'un cairn. Le vieux en profita pour désaltérer Sébastien, quelques gorgées, car la journée serait longue et ils ne trouveraient pas de point d'eau sur les hauteurs. Lui se contenta d'une rasade de génépi qui lui fouetta les sangs. César connaissait si bien la montagne qu'il aurait pu trouver les sentiers les yeux fermés. Quant au petit, depuis qu'il était en âge de marcher il gambadait sur les chemins des hauts alpages et avait acquis l'agilité d'un jeune bouquetin. Voilà quelque temps que César le laissait aller seul, à condition de respecter les règles : ne pas traîner du côté des crêtes et revenir avant la tombée du jour.

Soudain, une détonation claqua. Dans les rochers, un chamois surgit et parut tituber sur la pente avant de plonger dans l'abîme. Le vieil homme jura :

— Bande de fumiers ! Tuer une femelle en plein été !

Le reste de la harde se dispersa, les mères poussant leurs petits affolés. En un clin d'œil, les animaux avaient disparu, sauf un.

Il ne devait pas avoir plus de deux mois. Il se tenait, tremblant, sur le balcon de roche où sa mère avait disparu.

César se mit en marche, suivi par Sébastien. Arrivé juste au-dessus du chevreau qui bêlait de frayeur, le berger évalua les distances. La pente était bien trop raide pour s'y risquer. D'un coup d'épaule, le berger déchargea son sac et le retourna après avoir détaché la gourde. Tombèrent un couteau et une longue corde.

— On ne peut pas laisser cette bestiole crever, bonhomme. Je vais te descendre jusqu'au rocher, au bout de cette corde. Tu mettras le chevreau dans mon sac, pour la remontée. Tu t'en sens capable ?

Sébastien acquiesça et se laissa harnacher. Pour se donner du courage, il s'efforça de se concentrer sur le bébé chamois plutôt que de penser à l'abîme qui s'ouvrait à ses pieds. L'animal pouvait basculer d'un instant à l'autre. Sans plus réfléchir, le petit garçon empoigna le cordage et se laissa glisser. Des pierres dégringolèrent, puis l'attache se tendit. La voix de son grand-père retentit au-dessus de lui :

— Quand tu auras mis le petit dans le sac, tire un bon coup et je te remonte. T'inquiète pas, je te tiens bien.

Les pieds de Sébastien touchèrent enfin le rocher. En s'approchant un peu, il parvint à glisser sa main libre sous le ventre chaud du cabri. Il tâtonna pour ouvrir le sac à dos et réussit à y déposer le petit animal, puis resserra le cordon. Ensuite, il secoua la corde, se sentit hissé, chassa toute peur de son esprit : il avait, en son grand-père, une confiance aveugle.

# Chapitre 2

— On part chasser une bête qui bouffe nos moutons et on revient avec un cabri, je te jure ! maugréa César. On va à la bergerie.

— Et lui ? Il faut lui donner un nom.

— Tu pourrais l'appeler « Veinard » !

— C'est moche ! Maintenant qu'il est orphelin, il faut lui trouver un vrai nom…

Le visage du vieux s'assombrit. Sébastien n'y prêta pas attention.

Ils descendirent vers les alpages. Le berger sentait la fatigue engourdir ses jambes. Il commençait à se faire vieux. Il devait encore tenir quelques années, le temps que le garçon devienne un homme. Il n'était pas question qu'Angelina se sacrifie. Elle aussi avait été recueillie enfant. Les temps étaient déjà bien assez durs pour qu'elle prenne en charge un enfant qui n'était pas le sien.

Insouciant, Sébastien gambadait sur la route. César se fit la promesse de lui parler bientôt. Peut-être quand cette fichue guerre serait finie…

## Chapitre 2

Coiffée d'un toit de lauzes, la bergerie dégageait une impression de solitude et de force. L'alpage était assez vaste pour nourrir les bêtes le temps de l'estivage. Tout semblait normal. César souffla, rassuré.

Le vieux rejoignit un groupe de brebis flanquées de leurs agneaux en dégageant doucement le cabri de son sac à dos. Sans hésiter, il se dirigea vers une femelle solitaire. Sébastien l'interrogea à mi-voix :

— Pourquoi celle-là ?

— Elle vient de mettre bas un agneau mort-né.

Quand le cabri se pressa contre son flanc, cherchant à téter, la femelle esquissa une ruade, puis entreprit de le renifler à son tour. Le chevreau émettait un bruit de gorge, entre le bêlement et la plainte. Est-ce le cri qui apitoya la mère ? Elle commença à le lécher. César poussa un soupir de satisfaction.

— C'est bon signe. Il est sauvé... du moins pour l'instant !

L'orphelin finit par trouver le pis et se mit à téter. La mère se laissait faire, paisible. Sébastien s'assit par terre, émerveillé. César l'observait, le cœur serré. S'il avait pu détenir le secret de la joie, il en aurait prélevé chaque jour une part pour le contenter. Il s'étira.

— Je vais rentrer les moutons. Avec cette bête qui traîne par là-haut, je ne suis pas tranquille. Dis à Angelina que je rentrerai tard. Passe par les Glantières.

Le garçon se releva d'un bond et s'éloigna vers le sentier qui menait au village. Le vieux, d'un pas lourd, avança vers le troupeau et repéra la bréhaigne dominante. Il l'appela, soulagé de voir le troupeau s'ébranler à sa suite. Une fois de plus, il se répéta qu'il devait trouver un chien. Regrouper le troupeau et surveiller les bêtes sans aide devenait trop rude. Il songea avec nostalgie à son vieux compagnon mort l'hiver précédent, un bâtard qui l'avait accompagné pendant plus de dix ans.

# Chapitre 3

César pénétra dans la bergerie et hésita. Il pouvait traire les brebis et rentrer tôt au chalet. Angelina serait contente. Ils dîneraient ensemble, en racontant quelques vieilles légendes à Sébastien.

L'incident avec le cabri l'avait secoué. Il haussa les épaules, furieux de ne pas pouvoir résister à la tentation. C'était la faute de cette satanée guerre... Il poussa la porte de l'étroit débarras. Dans la pénombre, il distinguait les contours de l'alambic. Il empoigna une bouteille vide, la plaça sous le bec en cuivre, écouta le génépi ruisseler. C'était la promesse de l'oubli ! Une fois le flacon rempli, César l'amena jusqu'à ses lèvres et avala une grosse lampée. Fameux ! Il s'apprêtait à remettre ça quand il perçut des coups assénés contre la porte. Quelqu'un l'appelait ; César crut reconnaître la voix du maire. Étouffant un juron, il rebroussa chemin et referma soigneusement la porte, en espérant que personne ne reniflerait les effluves de génépi. Au pire, il prétexterait avoir bu un coup. Après tout, il était chez lui.

N'empêche, si Marcel soupçonnait la présence de l'alambic, il était cuit ! Avec ces maudits Allemands, ce qui valait jadis une simple amende pouvait vous apporter aujourd'hui de sérieux ennuis. Même le maire se croyait obligé de faire la chasse à tous les contrevenants.

— Ça va, on vient ! C'est pas permis de faire un boucan pareil !

Il ouvrit la porte. Soutenu par deux compères, André, le berger voisin, gémissait, livide. Le sang avait détrempé son pantalon. César se renfrogna encore.

— Qu'est-ce qu'il a fichu ?

— C'est la Bête. Elle l'a attaqué !

André cessa de gémir pour répondre d'un ton rogue :

— J'ai à peine eu le temps de lever mon arme qu'elle me sautait dessus. Paulo a épaulé et ça l'a fait détaler.

— Tu aurais vu le morceau ! renchérit Paulo. Un vrai monstre !

André approuva bruyamment. Derrière la douleur, on sentait poindre la fierté d'avoir échappé au démon qui terrorisait la région depuis quelques semaines.

Le berger leur fit signe d'entrer et désigna la table en chêne. Les chasseurs y allongèrent le blessé. La plaie était profonde, une vilaine morsure au mollet. César alla chercher la boîte où il rangeait les bandes, un baume cicatrisant, des aiguilles, du fil et une vieille pince à échardes. Il fallait désinfecter la plaie. Il pria pour qu'il lui reste du génépi dans sa flasque. Dieu merci, il n'avait pas tout bu. Dédaignant les protestations d'André, il versa l'alcool sur la plaie, provoquant un hurlement de douleur.

— C'est pas Dieu possible de gueuler comme ça ! Tu parles d'un héros ! C'est sûr que pour descendre un chamois sans défense, t'es meilleur…

— Tu sous-entends quoi, César ?

Le regard fuyant du maire confirma les soupçons du vieux berger.

— C'est pas vous peut-être qui avez tiré une femelle, y a pas trois heures ?

— Et comment tu le sais que c'était une femelle ?

— Parce que avec Sébastien on a récupéré le cabri ! Et quand je tire un gibier, j'ai pas besoin d'aller lui compter les mamelles pour savoir si c'est un mâle ou une femelle ! Alors ne viens pas te vanter maintenant avec la Bête, sinon j'irai raconter que tu confonds les filles et les garçons !

Le maire intervint :

— César…

— Quoi, César ? Toi aussi tu y étais et tu n'as rien empêché !

— Ce n'est pas le moment…

— Ce n'est jamais le moment !

Néanmoins, il se calma et se concentra sur la plaie. Les bords étaient propres, d'un rouge bien vif, mais il faudrait des points de suture. Ignorant les grimaces d'André, il pansa le mollet à l'aide d'une bande propre et serra un peu fort, pas mécontent d'infliger une leçon à l'imbécile. Il avait paré au plus pressé. Guillaume, le médecin du village, se chargerait de le recoudre. Il demanda, moins par curiosité que pour meubler le silence qui devenait gênant :

— Vous étiez sur la crête des Gourjon ?

— Non. La Bête s'enhardit. C'était sur le sentier des Glantières, alors qu'on rentrait… elle a surgi de nulle part et nous a sauté dessus.

— Nom de Dieu !

Le maire se précipita.

— César ? Tu as un malaise ?

— Sébastien… Il y est… aux Glantières. Il est parti, y a pas un quart d'heure…

— Sainte Mère !

Les chasseurs se dévisagèrent. Tous avaient vu les dégâts infligés par la Bête, les moutons éventrés, les gorges déchiquetées. En cas de mauvaise rencontre, l'enfant était perdu.

# Chapitre 4

Si Sébastien adorait suivre le vieux berger, il aimait presque autant les moments de solitude, de liberté. Parfois il rêvait d'être un aigle, de voler au-dessus des cols et d'aller jusqu'en Amérique.

C'était une bonne journée, un jour pour faire un vœu. Si seulement Elle pouvait revenir… même pour Noël, ce serait un cadeau fabuleux !

En abordant le sentier des Glantières, il vit débouler un lapin devant lui. Sébastien crut entendre un souffle rauque et leva les yeux.

Là, au beau milieu du chemin, la Bête ! Entre ses pattes gisait un lièvre égorgé. Elle gronda, les babines retroussées. L'enfant prit alors conscience que l'animal n'était pas un loup, mais un chien énorme couvert d'un pelage sombre et emmêlé. Sans bouger d'un pouce, Sébastien plongea ses yeux dans les pupilles noires, saisi d'une fascination si puissante qu'il en oubliait sa peur. Peu à peu, les grondements se muèrent en une sorte de vibration sourde, qui cessa à son tour. Ce fut la Bête qui brisa l'enchantement en avançant d'un pas, tout en veillant à protéger la carcasse du lièvre. L'enfant chuchota :

— Je vais pas le prendre, ton lièvre… César, il t'appelle la Bête. Mais, en fait, t'es qu'un chien ! Je ne dis pas ça pour te vexer, tu sais.

Il déglutit et reprit dans un souffle :

— César, c'est mon grand-père. Le meilleur berger de la montagne.

Un grondement lui répondit alors que l'animal se mettait en mouvement. Cette fois, l'enfant baissa les yeux, attendant le choc. Il ne vint pas. La bête disparut derrière le talus.

Sébastien mit un moment à comprendre ce qui avait fait fuir l'animal. Une rumeur de voix excitées lui parvenait. Une exclamation fusa :

— Té, le voilà, ton petit sauvage ! Il est vivant !

C'était le maire. César apostropha sévèrement son petit-fils :

— Qu'est-ce que tu fiches ? Tu aurais dû arriver depuis longtemps !

— Je vous ai entendus venir. Je vous attendais. C'est tout.

— Tu n'as rien vu ?

Le maire le scrutait d'un air soupçonneux. Sans se démonter, Sébastien lui renvoya un sourire innocent.

— Vu quoi ?

— La Bête. Elle rôde dans le coin et elle nous a attaqués, pas plus tard que ce matin.

L'enfant remarqua alors le dernier chasseur qui arrivait en boitillant. Il se contenta de secouer la tête. César lui toucha les cheveux dans une ébauche de caresse.

— Tu vas rentrer avec eux, ce sera plus sûr. Va directement à la boulangerie. Il faut que je retourne traire les bêtes.

L'enfant s'écarta brusquement. César soupira. Il était indemne, c'était l'essentiel. Pour cacher son émotion, il ajouta un peu rudement :

— File, tu as assez traîné comme ça !

Il salua les autres d'un hochement de tête et rebroussa chemin en direction des alpages. Il savait que le petit était furieux parce qu'il l'avait confié à des étrangers. Sébastien ne supportait aucune autorité, sauf la sienne et celle d'Angelina. Parfois, César avait l'impression que leur famille était vouée depuis toujours à rester à l'écart, à l'image du chalet dressé à la sortie de Saint-Martin, loin des autres habitations.

À l'approche du village, les hommes, oubliant la présence de l'enfant, lancèrent quelques plaisanteries.

— Pour une fois, il avait pas l'air trop bourré, le César.

Le maire s'esclaffa avant d'apercevoir le visage décomposé de Sébastien qui les fixait, les poings serrés.

— Il boit pas plus que vous ! Et lui, au moins, il sait chasser, il tue pas les mamans chamois !

André interrogea d'un ton mielleux :

— Et toi, tu te prends pour qui, le gitan ?

Il avança, la main levée, mais Sébastien lui fila sous le nez et se planta à quelques pas, criant de plus belle :

— Je sais pourquoi la Bête t'a mordu, c'est parce que tu pues comme un bouc !

Le maire, qui avait repris ses esprits, retint le chasseur d'une poigne solide.

— Laisse. On a déjà assez perdu de temps comme ça.

Pour donner plus de poids à ses paroles, il tira de sa poche une montre de gousset. À force de s'y fier, il ne savait plus deviner l'heure au soleil, mais s'en moquait. La montre était le signe éclatant qu'il était un monsieur, non un vulgaire paysan. Elle était en or massif. Le cadran, grisé sur la partie inférieure, permettait de lire le nord, comme une boussole, grâce à l'aiguille des heures qui s'achevait sur un soleil finement ciselé.

Même l'enfant s'était rapproché pour admirer l'objet. Il en avait oublié les injures. La montre du maire faisait jaser aux alentours !

# Chapitre 5

En débouchant sur la route, ils entendirent un bruit de moteur. Une traction flambant neuve grimpait en direction du village. Le maire étouffa un juron.

— Bon sang, c'était pourtant pas le jour ! Les Boches !

Sébastien ne demanda pas la permission de détaler. Il fallait prévenir Angelina. Il se précipita vers la boulangerie. Le carillon de la porte fut couvert par le hurlement assourdissant de la sirène. Angelina était à son comptoir.

— Les Boches ! Ils sont là !

— J'entends. Et on ne dit pas Boche…

Elle parut hésiter, jaugeant Sébastien.

— Écoute, ça m'ennuie de te demander ça, mais il faut aller prévenir Guillaume.

— À son cabinet ?

— Il n'est pas à son cabinet. Tu le trouveras à coup sûr sur le chemin des Écrins. Tu peux y courir ?

— Bien sûr ! Il n'y a pas meilleur que moi à la course !

— Fais attention, Sébastien… Les Allemands sont énervés ces temps-ci.

— Pourquoi ?

— Parce que… le temps commence à leur peser. Trois ans…

— Ils vont l'arrêter ?

— Mais non ! Il faut juste le prévenir.

Soudain, le battant s'ouvrit à la volée, livrant passage à un homme qui parut immense aux yeux de l'enfant, le visage fermé et dur, les yeux d'un bleu glacé. Derrière lui, deux soldats. L'officier lança un ordre en allemand. Aussitôt les soldats s'éloignèrent. On les entendit toquer brutalement contre la porte de la maison des Malard en hurlant :

— Tout le monde dehors. Rassemblement !

En découvrant Angelina, le regard de l'officier changea. L'enfant se sentit gagné par la colère. Angelina était belle, tout le monde le disait, mais elle était surtout comme sa grande sœur, ou quelquefois comme une seconde maman, alors laisser un sale Boche la dévisager ainsi… Il fut poussé dans le dos et résista, buté.

— File maintenant, tu me déranges !

Il se tourna pour protester, mais les yeux noirs d'Angelina le suppliaient en silence : il obéit.

## Chapitre 5

***

— Bonjour, mademoiselle Angelina.

Il connaissait son prénom. Ces fichus Allemands savaient tout sur tout le monde, il ne fallait jamais laisser paraître sa peur.

— Monsieur…

— Lieutenant Peter Braun. Je viens passer commande pour une fournée de pain.

— Du pain ?

— Vous êtes boulangère, non ? À partir de cette semaine, tous les lundis il faudra fournir trente kilos de miches.

— Trente kilos, c'est impossible.

Angelina sentit la colère brûler ses joues. Elle songea à Germain, l'apprenti, endormi dans la cuisine, épuisé par le travail du pétrin, aux soucis quotidiens pour se fournir en farine. Elle serra les poings. Le sourire de l'officier s'élargit imperceptiblement. À peine si le ton de sa voix se teinta d'une menace ironique.

— Mais non. Et je vous déconseille de couper la farine, comme l'a fait le boulanger de Maurienne. Maintenant, pour lui, c'est cinquante kilos.

Angelina se campa face à lui, frémissante.

— Trente kilos pour une petite boulangerie comme la nôtre ! On en fait à peine vingt par jour. Et encore, en deux fournées. Et la farine, c'est vous qui allez nous la fournir ?

— Je vous rappelle, mademoiselle, que nous sommes en guerre.

— Et moi je vous réponds, monsieur, que les vrais soldats se battent et ne pillent pas les commerces des braves gens !

Aussitôt elle regretta sa phrase. L'indignation lui avait fait oublier Guillaume, ce qui se jouait dans l'ombre et dont elle n'avait qu'une vague idée. Elle ne put s'empêcher de baisser les yeux. Elle haïssait cette guerre, l'Occupation, les brimades… Vaincue, elle finit par murmurer :

— J'essaierai.

— Parfait. À lundi.

Dehors, les soldats étaient en train de pousser les Malard hors de chez eux. En voyant un Allemand retourner à l'intérieur, pour fouiller sans doute, Malard protesta. Angelina tressaillit en entendant un fracas de vaisselle brisée. Une voix cria :

— Dehors, *raus* !

Le premier soldat apparut sur le seuil de la maison, tirant la vieille Hortense par le bras. L'autre se mit à débiter un discours visiblement appris par cœur.

— On va fouiller les maisons, tout le monde au garde-à-vous devant le lieutenant Braun.

Malard, que l'apparition de sa mère avait tiré de son mutisme, protesta faiblement :

— Pourquoi l'obliger, vous voyez bien qu'elle ne peut pas se déplacer !

— Parce que vous cachez les youpins. Et ensuite vous leur faites passer la frontière ! On a vu des traces au Grand Défilé !

— Personne ne cache personne ! bougonna Malard. Vous pouvez fouiller, mais laissez ma mère tranquille…

Une rumeur timide l'approuva. Les gens avaient commencé à affluer sur la grand-place, un gars du bourg voisin racontait que les Boches fouillaient même le fourrage et les fosses à purin !

À cet instant, le maire apparut, précédant trois hommes. Angelina sentit son sang se glacer. André, soutenu par Paulo, déblatérait à propos d'un monstre, sans paraître remarquer les Allemands. Marcel salua l'officier d'un « Bonjour, lieutenant » puis se planta devant lui. Soit il connaissait les grades, soit l'autre s'était déjà présenté. En dépit de sa vanité, Marcel Combaz montrait un certain courage.

— On peut savoir ce qui se passe, lieutenant ?

Au lieu de répondre à la question, Braun désigna la blessure d'André.

— Alors, c'est dangereux le passage du Grand Défilé ?

— Ma foi, je l'ignore. On était aux Glantières. On s'est fait attaquer par une bête.

— Vous voulez dire un loup ?

— Plutôt un chien sauvage. Il tue nos moutons depuis quelques semaines.

— Ne me faites pas croire que vous ignorez ce qui se passe là-haut. J'aimerais que vous ne me preniez pas… pour… comment dites-vous déjà ? Un con, c'est ça ?

Le maire fit mine de réfléchir. Que voulait ce type ? Qu'il accuse ses voisins et administrés ? Il se racla la gorge.

— Si vous ne nous aviez pas pris nos armes, on l'aurait tuée, cette bête !

— Livrez-moi les noms de ceux qui font passer les clandestins et je vous rendrai quelques armes.

Une seule confrontation avait suffi à Peter Braun pour établir son autorité. Angelina calcula que, si aucun autre incident ne se produisait, il ne faudrait guère plus d'une heure aux Allemands pour atteindre la maison de Guillaume. Et elle pria le ciel pour que Sébastien l'ait trouvé d'ici là.

# Chapitre 6

Arrivé en bas de la côte qui menait aux Écrins, Sébastien crut que le souffle lui manquait. Pourtant il continua à courir, poussé par l'intuition que quelque chose de terrible était sur le point d'arriver.

César prétendait qu'ils étaient plutôt tranquilles à Saint-Martin, sauf que depuis quelque temps on voyait toutes sortes de gens passer, des étrangers, qui disparaissaient dans la montagne. Devant lui, le berger se contentait de maudire les Allemands, mais parfois il oubliait la présence de son petit-fils et l'enfant avait saisi que l'ennemi pouvait punir les gens qui refusaient d'obéir. Alors mieux valait rester poli avec eux. Par exemple, *boche* était un mot interdit, même si quelques-uns ne se gênaient pas pour le prononcer derrière leur dos.

En arrivant en haut de la côte, il se retrouva plié en deux, la bouche ouverte. Une main s'abattit sur son épaule et le secoua doucement.

— Holà, bonhomme, tu veux te crever dans la montée ?

— Guillaume !

Le soulagement lui donna la force de se redresser.

— Y' a des Boches… partout… au village. Angelina…

Un éclair de panique passa dans les yeux de Guillaume.

— Reprends d'abord ton souffle.

L'homme se débarrassa de son sac à dos et se mit à le fouiller.

— Qu'est-ce qu'on fait ? demanda Sébastien.

— J'aimerais que tu guettes la route, si quelqu'un vient.

C'était une demande absurde, la vue étant si dégagée qu'on pouvait apercevoir le fond de la vallée, mais l'enfant obéit. Du coin de l'œil, il surveillait les mouvements de Guillaume. Le docteur sortait quelque chose de son sac à dos, qu'il fourra dans une fissure d'un rocher, derrière une pierre. Ensuite, il entreprit de balayer la poussière pour effacer ses traces. Sébastien réprima sa déception. Pourquoi Guillaume se défiait-il de lui ? Il savait ce qu'on voulait lui cacher. Un pistolet. Il en avait déjà vu un, chez le maire. Pourtant, il continua de fixer la pente jusqu'à ce que Guillaume donne le signal du départ.

— Si on croise quelqu'un on dit qu'on revient du torrent, d'accord ?

— D'accord.

## Chapitre 6

Quelquefois, Sébastien se demandait pourquoi tout le monde se sentait obligé de mentir. Lui, il préférait encore se taire, même si on le prenait pour un sauvage. Sauf bien sûr qu'on était en « pays occupé » et que ça changeait la vérité, parfois.

Pour éviter les Allemands, ils contournèrent la grand-place. La maison du docteur était une bâtisse en pierre de deux étages. Le cabinet médical occupait le rez-de-chaussée. Ils s'engouffrèrent dans le corridor, à bout de souffle. Une silhouette se découpait à contre-jour, vêtue d'un long manteau. L'homme de la boulangerie ! La voix grondeuse de la vieille Célestine leur parvint depuis le cabinet de consultation :

— Vous êtes chez un médecin, ici, ôtez donc vos pattes de son bureau. Vous ne pouvez pas toucher à ses affaires sans son autorisation !

Une petite bonne femme ronde apparut sur le seuil, les joues encore rougies par l'indignation. Derrière elle, Sébastien distingua les deux soldats. Le lieutenant s'inclina brièvement.

— Je suppose que vous êtes le docteur Guillaume ?

— Effectivement, je suis le docteur Favre.

— Il me tardait de faire votre connaissance. Lieutenant Peter Braun. Ma foi, je ne suis pas déçu… juste surpris.

— Surpris ?

— J'imaginais que les médecins français portaient la blouse blanche ou un costume. Pas cette tenue de montagnard.

Derrière l'amabilité sourdait une menace et tous la perçurent, même l'enfant dont la peur s'accrut en l'absence de réaction de Guillaume. Celui-ci ne protesta pas une seule fois alors que l'autre s'était mis à lui tourner autour, soupesant son sac à dos. Pourquoi Guillaume ne criait-il pas au Boche de les laisser tranquilles ! Il était médecin, il sauvait plein de gens et même pour un soldat ça devait compter !

— Mes hommes ont trouvé des traces au Grand Défilé, ce matin même. Ainsi, on peut supposer qu'il y a eu un passage la nuit dernière.

— Un passage de quoi ?

— Un passage de chamois, bien sûr !

D'un geste lent, le lieutenant Braun se caressa la joue. Sa peau nette contrastait avec la mine hirsute du docteur.

— Vous avez soigné un ours ?

— Je ne comprends pas.

— Je crois que si, mais je veux bien poser autrement ma question. Docteur, vous ne vous rasez jamais ou vous avez passé la nuit dans la montagne ?

— J'ai escaladé la combe de la Graloire et j'ai dormi au refuge.

— Tiens donc. Un peu de chasse ?

— Juste besoin de solitude. Ça ne vous arrive jamais ?

— Je suis trop occupé pour ça, mais croyez que je le regrette. Vous habitez une région superbe. Avec des frontières pas très loin. La Suisse. Un beau pays aussi. Vous permettez que mes hommes vérifient ?

Les soldats arrachèrent le sac et le vidèrent sur le sol.

Voilà pourquoi Guillaume avait caché son arme : il savait qu'il serait fouillé. Sébastien se demanda à quoi pouvait bien lui servir le pistolet. Les chasseurs, à part le maire qui possédait un tas de choses inutiles, avaient des fusils ou des carabines.

Une corde, un couteau et une carte roulèrent sur les tomettes. Le lieutenant prit la carte.

— Voyons cela dans votre cabinet, nous serons plus à l'aise.

Dans la salle des consultations, les meubles avaient été fouillés, les tiroirs étaient ouverts, un livre traînait au pied de la bibliothèque. En bougonnant, Célestine le remit en place.

Braun étala la carte sur le bureau et l'examina, s'exclamant à plusieurs reprises dans sa langue. Enfin, il releva la tête et questionna, feignant la perplexité :

— La Graloire, vous avez dit. Assez loin du Grand Défilé, à ce que je vois. Sauf à vol d'oiseau. Mais vous ne volez pas, docteur, pas vrai ?

Sébastien avait mal au ventre. La tension lui donnait envie d'éclater en sanglots. L'Allemand se pencha une nouvelle fois sur la carte, faisant glisser son doigt sur le chemin des crêtes.

— C'est par là qu'ils sont passés. Je finirai par les coincer, et ce jour-là il vaudrait mieux que je ne vous trouve pas de ce côté, en train d'admirer les marmottes, si vous comprenez ce que je veux dire.

Comme Guillaume restait muet, il insista sèchement :

— C'est clair ?

— Parfaitement clair.

— À la bonne heure ! J'aime l'obéissance.

Il salua Célestine d'une courbette.

— Vous avez là une redoutable alliée, docteur.

La brave femme prit le petit par la main et sortit de la pièce, le menton fièrement levé. Sébastien se laissa entraîner, soulagé d'échapper au Boche.

# Chapitre 7

Angelina apporta la marmite sur la table. Elle en avait assez de la guerre, assez de se faire du souci pour la farine ou le moral de l'enfant. Elle aussi était orpheline. Contrairement à Sébastien, personne ne l'avait traitée en étrangère… Et voilà que son grand-père adoptif l'inquiétait à son tour ! Le vieil obstiné était descendu de la bergerie pas très affirmé sur ses jambes. Angelina savait bien ce qui le tourmentait. Il fallait dire la vérité à Sébastien, sans quoi un malheur finirait par arriver.

La compagnie de Guillaume, ce soir, ne parvenait pas à chasser son angoisse.

Sébastien soupçonna que c'était à cause de lui que les autres se taisaient, pour ne pas parler de l'Allemand ni de la guerre. C'était toujours pareil. Il tenta une diversion.

— Tu sais, Angelina, le cabri il serait mort si on n'avait pas été le chercher. Il serait tombé de son rocher et même, sans le lait de sa mère, il pouvait pas survivre. Pas vrai, papé ?

Le teint de César vira au rouge brique tandis que la jeune femme lui jetait un regard entendu. Sébastien insista :

— Pas vrai qu'on l'a sauvé, et que sans sa mère il serait crevé ?

— Bien sûr, Sébastien, et maintenant qu'il a une nouvelle maman tout se passera pour le mieux, surtout si tu veilles sur lui, dit Angelina.

César vida son verre d'un trait. Ensuite, il fit signe à Guillaume de resservir une tournée. Celui-ci répondit, non sans embarras :

— Merci, César, mais je préfère garder les idées claires.

— Moi, c'est ça qui me les éclaircit.

Chacun se concentra sur son assiette. Sébastien chercha un autre sujet de conversation et laissa échapper la question interdite :

— Tu crois qu'Elle sera là pour Noël ?

— Qui donc ?

— Ma mère. Tu as dit qu'Elle reviendrait. Il faut combien de temps pour venir d'Amérique ?

César se tourna vers les autres comme pour les appeler à l'aide. Frustré et malheureux, Sébastien ravala une protestation. Il avait l'impression que son grand-père détestait parler d'Elle. Il laissa tomber sa cuillère, décidé à ne pas bouger tant qu'il n'aurait pas sa réponse. César finit par bredouiller :

— Tu sais... Je connais pas l'Amérique moi, alors te dire combien de temps...

Angelina paraissait très en colère, peut-être à cause du génépi, parce qu'elle détestait quand César buvait.

— Le petit est épuisé, je vais le mettre au lit.

Sébastien aurait voulu poser d'autres questions, mais il n'osa pas. Ce n'était pas juste ! Sûrement qu'ils allaient parler de la guerre maintenant qu'ils étaient débarrassés de lui !

Guillaume lui adressa un clin d'œil et il lui répondit par un faible sourire. Sa sœur l'attendait au pied de l'escalier, le visage fermé. Elle était fâchée, mais l'enfant ignorait si c'était sa faute ou celle de César.

Sa chambre se trouvait sous les combles. Il fit mine de se débarbouiller dans la bassine, en trichant pour aller plus vite. Il se déshabilla, enfila son pyjama, puis se glissa sous la lourde couette et appela Angelina pour qu'elle le borde.

— Dis, Lina, tu crois qu'Elle viendra, toi ?

Elle sourit et se pencha pour l'embrasser sur le front, le nez et chaque joue, leur rituel quand il se sentait triste ou malade.

— Écoute-moi bien, petit sauvage, je ne veux plus que tu te risques seul du côté des Glantières, pas avec cette bête qui rôde. Si tu avais été blessé, j'aurais été si malheureuse que personne ne m'aurait consolée, jamais. Tu me promets ?

Il acquiesça. Angelina exagérait toujours un peu.

— Dis, la Bête… Est-ce que quelqu'un l'a déjà vue tuer des moutons ?

— César ne t'a pas montré les brebis égorgées ?

— Si. De loin. Mais ce que je te demande c'est si on a vu la Bête les attaquer !

— Bien sûr que non, sinon je peux te dire que papé ne l'aurait pas ratée !

— Donc personne n'a vraiment vu.

— Ne songe plus à ça. Tu ferais des cauchemars.

La fatigue était en train d'emporter Sébastien dans un tourbillon où tout se mêlait, la joie d'avoir sauvé le bébé chamois, sa rencontre avec la Bête, la peur de la guerre, le mystère du retour de sa mère. Il sentit la main d'Angelina lui effleurer la joue ; avant même que la porte se referme, il dormait.

***

— Je croyais que tu n'attendais qu'une occasion pour lui dire la vérité ?

Angelina aurait voulu hurler ou casser quelque chose, secouer le vieil homme reclus dans son entêtement et un début d'ivresse. Guillaume tenta de l'apaiser en lui prenant la main mais elle le repoussa, remarquant à peine l'intimité du geste.

— Non, évidemment. Pas aujourd'hui ! Ni demain sans doute, parce qu'il y aura autre chose, un autre prétexte pour te taire !

Guillaume s'approcha de l'âtre où César avait trouvé refuge. À côté de sa chaise, sur le sol, la bouteille de génépi avait baissé de moitié depuis le début du repas.

— Ta petite-fille a raison, César. Sébastien grandit, il faut lui parler. Tout à l'heure, il m'a impressionné. Même s'il n'a pas conscience de tout ce qui se joue, il montre un courage que certains pourraient lui envier.

Son soutien fit l'effet d'un baume sur la colère d'Angelina. Cela faisait des mois qu'elle bataillait pour que César parle à l'enfant. Or, l'opinion de Guillaume comptait pour César. Profitant de l'aubaine, elle insista d'un ton plus doux :

— Tu ne crois pas qu'il mérite la vérité ?

Le vieux maugréa :

— J'attends juste le bon moment.

— Le bon moment ! Et pour le faire patienter tu lui racontes n'importe quoi ! L'Amérique derrière les montagnes ! Tu as de la chance qu'il n'aille pas à l'école, le maître aurait vite fait de le détromper et il passerait pour un âne. Tu ne crois pas qu'il souffre déjà assez d'être à l'écart des autres ?

Le berger chercha la bouteille de la main, mais Angelina fut plus rapide et la mit hors de sa portée.

— S'il te plaît. Cela n'arrangera rien.

Il s'absorba dans la contemplation des flammes pour marquer que la conversation était finie. Guillaume s'était levé et enfilait sa veste. Angelina le suivit.

Dans le ciel d'un bleu d'encre, la lune éclairait le contour des massifs. D'un coup, la colère d'Angelina tomba. Devant l'immensité du monde, tout paraissait dérisoire. Elle soupira.

— Tu crois que j'y ai été trop fort avec lui ? demanda-t-elle.

— Ton grand-père a le cuir solide.

— Pas avec Sébastien.

— Justement… Vous le traitez comme un enfant ignorant et je ne parle pas seulement de son histoire ni de sa mère…

— C'est un enfant !

— Je sais. Mais moi je le vois autrement…

— Évidemment puisque tu ne vis pas avec !

Elle glissa sa main dans celle de Guillaume et la serra doucement.

— Je ne voulais pas dire ça. Je sais qu'on a tendance à le protéger, mais avec ce qui est arrivé, il faut nous comprendre. Et puis César m'inquiète...

Elle se retrouva dans ses bras. Angelina se sentit partir vers un tourbillon vertigineux et doux. D'un sursaut, pourtant, elle le repoussa. Pour atténuer son refus, elle effleura ses lèvres d'un chaste baiser.

Les choses ne devaient pas se passer de cette manière. Elle ne voulait pas d'une consolation. La guerre avait tout gâché. On ne pouvait plus se fier à personne et encore moins rêver d'insouciance. Tout cela, elle aurait voulu l'expliquer à Guillaume, mais elle-même avait du mal à comprendre ses propres sentiments.

Il s'écarta de quelques pas.

— J'y vais. Merci pour le dîner et pour m'avoir fait prévenir...

— J'ai eu peur, Guillaume. On compte sur toi, tu sais...

Il eut envie de dire qu'il se moquait de savoir que les autres comptaient sur lui car, ce soir, il aurait voulu qu'Angelina oublie le reste du monde avec lui.

# DEUXIÈME PARTIE

# Chapitre 1

L'enfant marchait d'un pas décidé. On lui avait interdit de traîner vers les Glantières, pourtant Sébastien n'éprouvait aucun remords à avoir désobéi. Il n'aurait pas su expliquer ce qui le poussait, pas plus qu'il ne savait exprimer sa solitude et la tristesse qui l'envahissaient quelquefois. Il devait retrouver la Bête.

Il avait décidé de chercher à partir de l'endroit de leur rencontre. C'est le matin, dans la rosée, qu'on avait le plus de chances de trouver des empreintes. La Bête s'était tenue là. Les hommes avaient bouleversé les traces, mais il saurait reconnaître les signes de son passage.

Il remonta la piste, cherchant de nouvelles empreintes, des poils sombres. La veille, il avait déposé un morceau de lard sur le chemin qu'elle avait emprunté en fuyant. Bien sûr, il avait disparu, mais il ne pouvait pas savoir quel animal l'avait dévoré. Il avait même abandonné là un vieux mouchoir pour l'habituer à son odeur. César prétendait que les chiens reniflaient la peur ou la colère, alors pourquoi pas l'amitié ?

Dans un méandre du torrent, quelque chose attira son attention. Deux superbes traces de pattes, le creux des coussinets et celui des griffes, imprimées dans le sable ! Cela signifiait que la Bête avait dû emprunter le même chemin que lui, car Sébastien ne pouvait s'empêcher d'espérer qu'un lien s'était créé entre eux. Ensuite, elle avait mangé le lard et était venue ici pour se désaltérer !

Il hésita un instant à effacer les empreintes, mais le risque qu'un autre les découvre était trop grand, alors, à contrecœur, il racla le sable. Aucun chasseur ne les verrait.

À présent, il devait courir : César l'attendait.

***

Le cabri se comportait comme les autres agneaux, avec la même docilité. Cela intriguait l'enfant. Était-il possible qu'un animal change de nature en changeant de mère ? Est-ce que lui, Sébastien, changerait si sa mère revenait ? Et si Elle ne le reconnaissait plus ? Il y avait si longtemps. Presque huit ans…

Certains jours, quand Elle lui manquait trop, il s'inventait des souvenirs. Il imaginait une femme très belle, avec de longs cheveux brillants et souples. Il savait qu'il la reconnaîtrait. Elle s'approchait pour l'embrasser mais, quand il tentait de voir son visage, c'est celui d'Angelina qui apparaissait. Il aimait Lina, sauf que ce n'était pas sa mère. La sienne était partie de l'autre côté des montagnes, en Amérique. Elle reviendrait. César l'avait juré.

— Sébastien, viens par ici !

César s'était accroupi et ce n'est qu'en arrivant à quelques pas de lui que l'enfant vit ce qu'il cachait.

Un piège. Une mâchoire ouverte dont l'acier bruni luisait de graisse.

— C'est pour quoi, papé ?

— Un piège à loups, pour la Bête. Ça vous broie une patte en moins de deux. On va en poser trois autres, autour de l'alpage, comme ça, si elle s'approche, *clac !*

— Le troupeau n'a pas été attaqué !

— Ici non. Mais dans la vallée voisine, un berger a trouvé hier une brebis à moitié dévorée.

— Et si c'était pas elle ?

— C'est elle. Et je pense même savoir d'où elle vient. Il y a un berger, dans la vallée de Verpeille, qui a pris un chien patou pour surveiller son troupeau. Sauf que le gars c'est un mauvais, il a jamais su s'occuper correctement de ses chiens.

— Qu'est-ce qu'il lui a fait ?

— Il le frappait. Un jour, son patou s'est enfui. Après, à ce qu'on dit, il est devenu enragé.

— Qui est-ce qui t'a raconté ça ?

— André. Il connaît le berger, celui de Verpeille. Et c'est pas parce qu'il sait pas chasser qu'il raconte des bobards. Tu ne veux pas m'aider à poser les trois autres ?

Sébastien acquiesça, la mine fermée. César n'avait rien remarqué. Ils disposèrent les trois mâchoires d'acier sur un large cercle.

— Tu me diras, si la Bête a de la veine, elle peut passer au travers, mais si elle veut encore s'attaquer au troupeau elle risque d'y laisser sa peau, cette fois.

— Les pièges, c'est cruel. C'est toi qui me l'as dit !

— Tu sais, bonhomme, on est parfois obligé de se défendre en accomplissant des choses qu'on ne ferait pas habituellement.

Quand Sébastien demanda à rentrer au village, César ne fut pas surpris. Depuis quelque temps, il sentait son petit-fils s'éloigner.

— Tu ne devais pas m'aider à traire ?

— Si, mais Angelina a besoin de moi pour livrer du pain.

— Tu es sûr que tu ne veux pas plutôt filer t'amuser ?

— Non, papé, croix de bois…

— C'est bon, pas la peine de jurer. Va !

Il haussa les épaules. Il se faisait des idées. Sébastien n'avait que huit ans, après tout.

Sébastien espérait que la Bête était revenue au rocher, mais à la vue de l'endroit désert, son enthousiasme retomba.

Il cria vers la montagne :

— Je sais que tu es là. Pourquoi tu te caches ? Je suis pas méchant ! César, il a mis des pièges autour de la bergerie. Il faut pas que tu y ailles !

Il s'assit sur la pierre, les mains posées sur les genoux, résolu à attendre.

— De toute façon, je reste jusqu'à ce que tu viennes. Je veux pas que tu meures.

Il compta jusqu'à vingt. Après il ne savait plus. Un jour il irait à l'école et lui aussi saurait calculer ! Il recommença. Par instants, il s'interrompait et lançait un cri en direction de la montagne.

Finalement, il descendit vers le lit du torrent pour se désaltérer. De sa poche, il tira un morceau de fromage, une part de son déjeuner. Il abandonna son cadeau sur le sable.

Trente mètres plus haut, l'énorme chien gris observait chaque geste de l'enfant. Il resta caché longtemps après la disparition de l'intrus. Quand le soleil entama sa descente, l'animal se faufila jusqu'au torrent et dévora le bout de fromage que Sébastien avait laissé.

# Chapitre 2

Il venait toujours à la même heure, quand il était certain qu'elle serait seule.

Trente kilos de pain, c'était une quantité énorme. À la deuxième visite de Braun, quand la jeune femme s'était plainte de n'avoir trouvé qu'une farine coupée d'orge et de seigle, le lieutenant lui avait glissé des tickets de rationnement. Elle avait failli remercier. Merci pour quoi ? L'Occupation ? Elle devinait que les autres boulangers n'avaient pas droit à de telles libéralités.

Quand le carillon tinta, elle resta plongée dans le carnet où elle consignait les ventes et les commandes. Il se tint, silencieux, au milieu de la boutique. Elle finit par relever la tête, ennuyée de lui offrir si facilement la victoire.

— Mademoiselle…

— Bonjour, lieutenant. Vos pains sont prêts.

— Pas de plainte à me soumettre ?

— Je pourrais me plaindre de la guerre. Mais je suppose que vous ne l'arrêterez pas à vous tout seul, même si je vous le demande.

— Je crains de ne pas avoir assez de pouvoir. Pourtant j'aimerais vous faire plaisir.

Angelina s'empourpra. Il allait croire qu'elle cherchait à lui plaire.

— Les pains sont là. Vous pouvez appeler vos hommes. Qu'on en finisse !

Cette fois c'est lui qui réprima un sursaut et elle en conçut un plaisir disproportionné. D'un claquement de talons, il la salua et ouvrit la porte pour laisser passer les deux soldats, Hans et Erich.

En sortant, il buta sur un enfant assis sur la première marche de la boutique. La Française le troublait chaque fois un peu plus. Sa beauté. Cette lumière qui émanait d'elle. Il se demanda quel effet produirait un vrai sourire sur ce visage si pur et se jura de lui en arracher un.

Il ne prit pas garde à la grimace de l'enfant. Il ne l'avait pas reconnu.

Sébastien patientait en épiant les gamins qui jouaient au ballon sur la place. Il y avait Jean-Jean, Pierrot et Gaspard ainsi que les jumeaux Tissot.

Il avait fait deux fois le tour de la place, dans l'espoir qu'on l'appelle pour jouer. Il avait du mal à comprendre pourquoi les autres ne voulaient pas de lui. Si on l'inscrivait à l'école, est-ce que ce serait pire ?

Le ballon roula dans sa direction, s'arrêta entre ses pieds. Sébastien s'en empara et regarda Jean-Jean approcher. Il esquissa un sourire, mais le regard du garçon était mauvais. Sébastien laissa retomber le ballon qui roula hors de portée. L'autre cracha :

— Sale gitan.

La cloche de l'école sonna. Les enfants s'égaillèrent en hurlant :

— Sale gitan, sale gitan !

Sébastien ne bougeait pas. En pensée, il se retrouva près du torrent et se vit devant la Bête. L'animal et lui étaient pareils. Détestés. Il ferma les yeux pour empêcher les larmes de couler.

Angelina le trouva là, si sage qu'elle n'osa pas le gronder d'être venu un lundi. Personne au village ne devait soupçonner que l'Allemand lui donnait des tickets.

***

Sébastien souffrait. Chaque fois qu'il allait à la boulangerie, les regards moqueurs l'enfermaient dans un isolement glacé, bien pire que quand il marchait seul, sur les sentiers de montagne. Il se jurait alors de prendre sa revanche. Quelque chose finirait par arriver, c'était obligé ! Il ne savait pas trop si cela concernait sa mère ou l'animal sauvage, juste que c'était sur le point de se produire.

Ce matin-là, il attendit le départ de César pour descendre à la cuisine. Angelina finissait de boire son café, silencieuse. Sébastien hésita à la questionner mais elle chaussait déjà ses bottillons et il se dépêcha d'avaler son bol de gruau pour sortir en même temps qu'elle.

Il était encore tôt : les rayons du soleil perçaient la brume matinale. Il ferait beau. L'enfant n'avait pas encore l'habileté de César pour détecter les changements de temps, mais il savait lire certains signes : l'aspect des nuages, la direction des vents, le vol des insectes très bas en cas d'orage. Avec la venue de l'automne, la montagne se tapissait d'or et de pourpre. Sébastien réprima un cri d'allégresse, car la nature semblait l'encourager. Il voulait croire que la terre l'aimait et qu'un jour, bientôt, il retrouverait sa mère…

Il prit son temps pour atteindre le torrent, s'arrêtant à chaque bouquet d'argousiers pour cueillir des baies. Angelina l'avait chargé de la récolte. Avec les restrictions, la plus modeste récolte devenait précieuse !

Son sac ne tarda pas à être plein. Quand il parvint en vue de la pierre levée, sa déception fut vive. Rien. Chaque jour il déposait quelque chose sur la langue de sable. La nourriture disparaissait toujours. Les empreintes n'étaient plus jamais celles de la Bête.

Le découragement ne durait jamais longtemps. Pendant la nuit, la confiance revenait et il la retrouvait intacte à son réveil. Il se glissait alors en tapinois en haut de l'escalier et guettait le départ de César. Aujourd'hui ce serait différent, il verrait la Bête !

L'endroit avait été visité. Les traces appartenaient à un renard, à la rigueur à un loup. Il soupira, dépité. Comment faire comprendre à l'animal qu'il n'était pas un ennemi ? Peut-être que le chien avait été battu si fort qu'il ne croyait plus aux paroles de l'homme.

Au lieu de prendre la direction de la bergerie, il longea le torrent et entreprit de choisir des galets ronds, bien plats. Lancer des cailloux était la seule chose qui le consolait un peu de ces rendez-vous ratés. Son bras se levait, l'œil visait et soudain la pierre fusait puis frappait l'eau, une fois, deux fois, trois fois, quatre quand le tir était parfait.

Un craquement l'alerta, mais il était si concentré qu'il n'y accorda pas d'importance. Le galet bondit deux fois avant de disparaître dans un remous. Agacé, il tourna la tête.

La Bête avait les yeux fixés sur lui. Tout doucement, Sébastien desserra sa main et la pierre qu'il tenait encore glissa entre ses doigts. Il fallait montrer qu'il était désarmé, amical. Ce n'était pas la peur qui montait en lui, mais une joie immense.

La Bête se décida à bouger. Arrivée au bord du ruisseau, elle observa la posture de l'enfant puis, rassurée, entreprit d'étancher sa soif. Sébastien priait pour que personne n'approche cette fois. Il aurait voulu parler, mais quelque chose le retint. Il projeta sa pensée vers l'animal, comme un pêcheur lance sa ligne. *Tout doux. Je suis ton ami. Je veux te protéger.* Les yeux sombres se réduisirent à deux fentes. Incapable de résister, Sébastien leva la main, paume ouverte, si lentement qu'on aurait presque pu le croire immobile. Pourtant, au moment où il pensait avoir gagné, le chien recula, le poil hérissé, grondant.

— Reviens ! Je te toucherai pas ! C'est promis !

Le chien avait déjà fait volte-face. La déception arracha un sanglot à Sébastien. Mais pourquoi avait-il bougé ? En plus, il avait oublié le morceau de fromage. Maintenant le chien se méfierait de lui et finirait par tomber dans les pièges de César, ou bien il serait abattu par les chasseurs !

Il était temps de monter à la bergerie. Sinon César se lancerait à sa recherche et alors ce serait mille fois pire pour la Bête ! Soudain, la solution lui apparut, lumineuse. S'il ne pouvait retrouver le chien, il irait se renseigner sur lui. Quelqu'un savait des choses…

Pour ne pas s'encombrer, il suspendit son sac à une branche d'épicéa, hors de portée des animaux sauvages. En comptant deux heures de marche aller-retour, il serait à la bergerie après le déjeuner. César l'engueulerait sûrement. Évidemment, André risquait de lui faire mauvais accueil. Mais peut-être qu'il aurait oublié leur dispute.

Avant de se mettre en route, il sortit le casse-croûte préparé par Lina et déposa sur la pierre une grosse tranche de pain frottée d'ail et de graisse.

***

André peinait sous sa charge de bois. Avec sa blessure juste guérie, de force, il n'en avait plus guère. Il pesta et s'accorda une pause. L'attelage n'était pas chargé à plein, pourtant il était déjà à la limite de sa résistance. Il n'avait guère le choix s'il voulait livrer le bois avant l'hiver. Le sentier était incommode, le dénivelé trop rude.

Il se remit en route, moitié glissant, moitié marchant. Si son pied se dérobait, il était bon pour finir écrasé. Il ne vit l'obstacle qu'au dernier moment. L'enfant s'était campé juste devant lui, comme un troll sorti des entrailles de l'enfer !

— Maudit chiard, tu m'as presque fait débarouler la pente !

Le mioche l'interrogea d'un ton poli :

— Ça va mieux, la blessure ?

— L'irait mieux si je pouvais me la couler douce, comme toi !

— Sauf que si je voulais faire ton travail je finirais tout aplati.

Il semblait admiratif, ce qui eut le don de calmer André. L'homme cala son chariot et s'essuya le front d'un revers de manche.

— Tu fiches quoi par ici ? Ferais mieux d'apprendre à lire pour te chasser la sauvagerie de la tête…

Le gamin baissa le nez ; l'homme éprouva une nouvelle bouffée de satisfaction. En voilà un qui avait juste besoin qu'on le recadre. Il bougonna quand même, histoire de ne pas céder trop vite :

— Bon, je m'en jette un vite fait et je remets ça !

— Jusqu'où tu vas ?

— Au chemin des Cabrettes. Cinq cents mètres. Après j'ai les mulets pour tirer.

— T'es très fort…

André était disposé à gober la flatterie la plus grossière.

— C'est ma foi vrai que la besogne m'a jamais effarouché !

— C'est quoi, le bois ?

— Du hêtre.

— Pourquoi tu coupes pas les sapins en bas ?

— Parce que ça brûle moins bien, nigaud ! Le hêtre est plus dur, il dure plus longtemps et ça paye mieux.

Tout au plaisir d'étaler sa science, André avait baissé sa garde. Sébastien lança :

— C'est vrai que tu connais le berger qui frappait la Bête ? César dit que c'est un chien qui s'est ensauvé.

— Ça se pourrait.

André fouilla sa poche, en sortit sa flasque et avala deux bonnes lampées. Sébastien fronça le nez. Ce type critiquait son papé mais son flacon sentait pas l'eau du torrent !

— Et qu'est-ce que ça peut te faire, cette histoire ?

— Pour savoir. Tu penses qu'il le frappait parce que le chien était méchant ?

— Les gens, ça naît pas méchant. Ça le devient. Les chiens, c'est pareil.

— Alors pourquoi ?

L'autre haussa les épaules. Le môme était en train de le retarder !

— Qu'est-ce que je sais, moi ? Le gars, il attachait le chiot, et puis il le battait. D'autres fois, il le laissait crever de faim, parce qu'il oubliait ou parce que ça l'amusait, va savoir. Pourtant, j'ai été en affaires avec lui, il fait du bon boulot, il a une femme et quatre gosses, il boit pas plus qu'un autre. Mais il battait son chien. Du coup, le clébard est devenu branque. C'est irrécupérable, ce genre de bête. Et tu veux que je te dise ? Les Boches, c'est tout pareil ! À ce qu'on dit, c'était plutôt rude chez eux avant la venue de leur grand Führer ! Et maintenant, ils sont enragés.

Il souleva sa charge d'un coup de reins. Sébastien recula pour lui laisser le passage. André progressait presque sans forcer. Son discours l'avait requinqué ; et en cas de chute, le môme serait toujours bon à prévenir les secours.

Il parvint en bas de la pente en quelques minutes et lâcha les brancards. Sainte Mère, il avait réussi ! Mais le gamin s'était volatilisé. Il ricana. L'ingratitude des mômes ! Lui, c'est pour ça qu'il les regrettait pas. Le célibat, il n'y avait que ça de bon !

Il siffla une bonne lampée de gnôle et se remit en marche.

***

César bloqua la barrière de l'enclos des brebis, puis siffla pour prévenir l'enfant. Sébastien avait proposé de faire la tournée des pièges pour se faire pardonner son retard. La Bête ne s'était plus risquée aux alentours. Un homme superstitieux aurait pu y voir de la sorcellerie. Lui devinait une malice de bête habituée aux hommes et à leurs manigances.

Dans les pièges, il avait récupéré une fouine et une martre. Les peaux serviraient à fourrer de vieilles bottes, trop grandes pour Sébastien. Les chaussures étaient devenues une denrée rare !

César aimait chasser à la loyale. Mais tant qu'il n'aurait pas tué l'animal enragé, il ne serait pas tranquille. Le berger avait beau se répéter que la Bête avait changé de vallée, la fin des massacres le prouvait, il avait le pressentiment qu'elle profiterait du moindre relâchement pour passer à l'attaque.

Ils se mirent en route, pressés de retrouver la chaleur du feu. Au moment où ils s'élançaient vers le défilé des Glantières, César stoppa.

— Écoute !

Le brame montait du fond de la vallée, rauque et puissant.

— C'est un cerf, papé ?

— Oui. Quand son cri est long, mélancolique, c'est le brame de langueur. Il appelle la femelle.

— Et la biche lui répond ?

— Tu penses, elle préfère brouter ! Mais le cri réveille son envie, assez pour fabriquer un faon. Tiens, écoute encore !

Effectivement, le cri avait repris, plus court et caverneux.

— Il veut aussi intimider les autres mâles. La menace est claire et les jeunes ne s'y frottent pas trop.

— Mais ils se bagarrent quand même ?

— Les plus forts oui, chaque saison de rut.

— Et qu'est-ce qui se passe ?

— Ils combattent. Ça peut durer longtemps.

Ils approchaient du torrent ; l'enfant pressa le pas, soucieux à l'idée qu'il restait peut-être des empreintes mal effacées. Son grand-père continuait à parler :

— J'ai vu mon premier combat à ton âge. On était partis chasser avec le vieux et on est tombés sur deux dominants, des bêtes énormes avec des andouillers aussi grands que moi !

— Et qui a gagné ?

— Le plus aguerri. C'est ce que mon père m'a expliqué, parce que j'étais trop impressionné pour comprendre.

— J'aimerais voir, papé. Tu m'emmèneras ? Mais sans les tuer, dis ?

— Évidemment ! Aucun chasseur digne de ce nom ne tirerait un cerf en plein brame. On ira… Mais pas avant d'avoir attrapé cette saleté.

Sébastien se tourna vers la vallée. Le brame avait repris avec des cris plus courts, saccadés.

— On dirait qu'il est enrhumé, tu entends ?

Le vieux acquiesça.

— Je crois qu'il a trouvé son adversaire.

— Ils vont se battre, alors ?

— Pardieu !

— Alors si y en a un qui crève, c'est comme s'il mourait d'amour ?

Le vieux émit un rire étouffé avant de reprendre son sérieux. Derrière l'apparente naïveté de la question, il avait perçu une attente.

— On ne parle pas d'amour, plutôt d'instinct. Les grands mâles ne s'intéressent aux femelles de la harde que pendant la période de rut. Le reste du temps, ils restent solitaires. Si tu veux trouver des couples fidèles, cherche plutôt du côté des loups…

— Pourquoi ils se tuent, puisqu'ils sont pas amoureux ? Juste pour faire des petits ?

— Oui, parce que la pulsion de vie dépasse tout, même la peur de la mort. Dans certaines régions, les mâles défendent plusieurs dizaines de biches !

— Ils ne veulent pas partager ?

— Oh que non !

— Et ce n'est pas de l'amour ?

Le vieux hésita devant cette insistance. Le terrain devenait dangereux.

— C'est un peu comme tu veux le voir. Tiens… Tu entends ? Plus rien. L'un des deux a cédé.

Le vieux berger saisit la main de l'enfant. La paume était si menue qu'il en eut le cœur serré. Il aurait voulu lui promettre que le bonheur a beau être fluctuant comme le vent des cimes il revient toujours vous caresser un jour. Pourtant, il préféra se taire. Les remords l'envahirent. À force de retarder le moment de parler, il était en train de s'enfermer dans ses mensonges. Sébastien était si jeune ! Il attendrait encore un peu. Au printemps, peut-être…

D'un geste, il désigna le toit qu'on devinait à une centaine de mètres.

— Allez va, cours prévenir Angelina qu'on a faim !

# Chapitre 3

La Bête n'était pas revenue.

Rien que d'imaginer la colère de César, Sébastien sentait les joues lui cuire… Hier, le vieux avait houspillé Lina, lui reprochant de trop compter sur son frère pour livrer le pain ou faire des courses. Bien sûr, sa sœur était tombée des nues. L'enfant avait dû avouer qu'il avait pas mal traîné dans la montagne, mais jamais du côté des Glantières, juré craché ! Angelina était vraiment en colère.

Il accéléra le pas. Sous les arbres, une bouffée d'humidité l'enveloppa. Du coin de l'œil il repéra un rond de sorcières, faillit s'arrêter pour récolter des bolets et justifier ainsi son retard, mais l'image de son grand-père en colère lui fit presser le pas. Tant pis. Il lui montrerait au retour. Il dirait… qu'il avait cherché des coins à champignons pour faire une surprise à Lina !

Il mit quelques instants à comprendre qu'il n'était plus seul. Le chien se tenait devant lui. Il émit un bref grondement d'avertissement.

Cette fois, pas question d'hésiter.

— Tu veux pas qu'on te touche, alors je te toucherai pas. Mais les chiens ça aime les caresses, pas vrai ? Sauf que toi, tu sais pas ce que c'est.

La Bête ne grondait plus ; Sébastien prit le risque de faire un pas.

— Viens, je vais te montrer quelque chose.

L'animal ne bronchait toujours pas. Il s'éloigna encore, répétant d'une voix enjôleuse :

— Viens ! Sinon on pourra jamais être copains. Et tu ne peux pas continuer comme ça, tout seul ! Tu es un chien, pas une bête sauvage !

Il fallait y aller en douceur, le rassurer. Il avança de quelques pas en parlant d'une voix paisible. Les mots n'avaient guère d'importance, seul le ton importait. Le chien suivit. Cinq mètres. Dix mètres. Chaque fois que l'enfant stoppait, le chien en faisait autant, comme s'il voulait maintenir un intervalle de sécurité. Ils traversèrent ainsi la forêt. Sébastien avait l'impression d'être relié au chien par un fil fragile.

— C'est bien. Tu me suis, d'accord ? Moi je n'ai pas peur, alors toi non plus, d'accord ?

## Chapitre 3

Il avait oublié César, la guerre et même sa mère. Seule comptait la rencontre avec l'animal et ce qui était en train de se tisser entre eux, pas après pas.

Ils débouchèrent juste au-dessus des alpages. Normalement, sauf s'il y avait un souci avec un mouton malade, César s'occupait à la laiterie.

Quand ils sentaient un prédateur rôder, les moutons s'énervaient. Or, le troupeau restait serein alors qu'il approchait, le chien sur les talons. Au dernier moment, il hésita. Et si le chien devenait enragé et sautait à la gorge des brebis ?

Il avança comme en rêve, avec l'impression d'entrer dans un torrent.

Un soir, Lina lui avait raconté la légende de Moïse. Elle lui avait montré une gravure dans un livre. On y voyait un homme, les bras tendus vers le ciel : dans la main droite, il brandissait un bâton. Derrière lui, une foule d'hommes et de femmes. La mer se soulevait pour leur laisser un passage. Avec le chien, il se sentait comme Moïse. Les moutons s'écartaient en silence.

Jamais le chien n'avait égorgé de brebis ! S'il avait été enragé, les moutons l'auraient senti ! Il fallait voir comment ils bronchaient à l'approche d'un loup. Il se laissa glisser par terre, les jambes coupées par l'émotion.

— Je le savais moi que tu n'étais pas méchant !

Le chien se contenta de le fixer de ses yeux brillants et attendit que l'enfant se relève pour lui emboîter le pas. Il ne savait rien du sourire qui barrait le visage de Sébastien savourant sa victoire.

***

L'un des trois pièges de César était caché non loin de là. Très lentement, pour ne pas surprendre le chien, l'enfant se pencha et choisit une pierre, puis la montra sur sa paume ouverte.

— C'est un caillou. Mais je vais pas te tirer dessus. J'en ai besoin pour te montrer quelque chose.

Il chercha le piège enfoui sous un amas de feuilles et, d'un geste vif, lança le caillou. Au claquement des mâchoires d'acier, le chien recula et se mit à gronder, le poil hérissé. Il flairait une odeur d'homme derrière l'effluve de graisse. Le bruit sec, déplaisant, résonnait encore dans ses oreilles.

— Faut pas venir par là, insista l'enfant, c'est dangereux. Tu comprends ? César il en a mis tout autour. Il est pas méchant, sauf qu'il croit que c'est toi qui égorges ses moutons ! Maintenant on se tire d'ici avant que papé débaroule ! S'il te voit il ira chercher le fusil ! Mais je ne le laisserai pas faire, jamais !

Il remit le piège en place. Sa faim s'était réveillée, mais il s'en moquait bien. Le chien aussi devait mourir de faim. Sous les poils emmêlés et sales, on devinait ses flancs creusés. Sébastien pouvait toujours prendre le risque de subtiliser un morceau de lard ou du fromage à la bergerie, mais s'il arrivait maintenant, papé ne le lâcherait pas de sitôt !

Puisqu'il ne pouvait pas rentrer, il rejoindrait la ferme des Dorchet, dans la vallée voisine. Chez eux, il était sûr de trouver de quoi manger. Leur ferme était l'une des plus prospères de la région. Avec un peu de chance, Sébastien pourrait se faufiler dans leur réserve... La honte le fit rougir. Et si on le découvrait ? Le vol de nourriture était un crime, à cause de la guerre. Il devrait se débrouiller autrement. Il fallait trouver à manger pour apprivoiser le chien avant qu'il redevienne sauvage !

***

Ils repartirent, le chien à quelques pas derrière l'enfant. Insensiblement, la distance qui les séparait diminuait.

Arrivé sur le chemin des crêtes, Sébastien aspira avec ravissement l'air parfumé de sauge. Il encouragea le chien de la voix :

— Je vais trouver à manger, t'inquiète pas !

Il se sentait plus fort, plus téméraire. Bien sûr, avec son grand-père il était protégé, guidé, mais César était un adulte, et il ne pouvait ni entendre ni comprendre ses secrets. Et puis il avait les siens. Des choses qu'il gardait pour lui. Avec le chien c'était différent. L'un et l'autre se donnaient de la force.

— Allez, on repart.

***

Dissimulés derrière une butte, le chien et l'enfant scrutaient la ferme. Dans le pays, on disait que les habitants du lieu ne se gênaient pas trop pour traficoter. Avant la guerre, avec les contrebandiers, et maintenant, avec qui voulait bien ! En tout cas, ils avaient des vaches, des moutons mais aussi des poules, des canards, quelques lapins, et certains parlaient de cochons bien gras, planqués à l'abri des regards !

— Attends encore un peu, murmura l'enfant. Tu peux me faire confiance, je vais trouver quelque chose à manger. Tu sais, ce sera presque comme d'échanger son sang. Après on sera amis. Pour toujours !

Sur la route, en contrebas, une camionnette était stationnée, l'arrière recouvert d'une bâche. Impossible qu'elle appartienne aux gens du coin, elle semblait trop neuve. Et cette camionnette, Sébastien l'avait déjà vue garée pas loin de la boulangerie, le jour des Boches…

Deux hommes en uniforme étaient en train de parlementer avec une femme coiffée d'un fichu de laine rouge. Sébastien reconnut Suzanne Dorchet, la fermière. Avec un peu de chance, elle serait de bonne humeur après son marchandage. Le tout était de ne pas se faire voir. Il chuchota :

— On va se cacher le temps qu'ils règlent leurs affaires ! Suzanne, elle vend aux ennemis. Tu vois les bouteilles dans son panier ? Je te parie que c'est du génépi. Tu crois qu'ils vont lui donner quoi, en échange ? Du saucisson, ce serait bien. Tu aimes ça ? Moi j'en ai pas mangé depuis au moins… un an ? Alors tu restes tranquille, compris ?

Quand il vit le chien se laisser tomber à ses côtés, il faillit applaudir de joie. L'animal comprenait tout ! L'enfant s'allongea à son tour sur le talus, sans remarquer le corbeau choucas qui volait vers eux.

Quand le volatile les dépassa, le chien bondit à sa poursuite. Le corbeau voletait au hasard, à l'affût d'un butin à becqueter. La bâche du camion frémissait sous la brise en laissant échapper une odeur de gras, irrésistible ! L'oiseau fila droit sous la bâche. Le chien fonçait derrière. Le petit groupe n'avait encore rien remarqué. Sébastien devait-il sortir de sa cachette ? Et si les Allemands lui tiraient dessus ?

Trop tard. Le chien avait sauté à l'arrière du camion. Le remue-ménage alerta les soldats qui se mirent à courir en armant leur fusil. Il n'y avait plus rien à faire, sauf prier de toutes ses forces pour que Dieu, qu'il existe ou non, sauve son ami !

***

Hans aurait tiré sans sommation à travers la bâche, mais Erich le retint. Le lieutenant ignorait leurs trafics : si le camion revenait troué, il faudrait fournir des explications embarrassantes. Braun ne plaisantait pas avec les questions de discipline et encore moins avec le marché noir ! D'un geste sec, Hans arracha la toile.

Au milieu des paniers renversés, juché sur une miche de pain, un corbeau noir le toisait. Profitant du courant d'air provoqué par l'ouverture de la bâche, il s'envola. Croyant à une attaque, Hans tira en direction de l'ombre fugitive.

***

Sébastien cavalait sur la piste, derrière le chien. En débouchant près des éboulis, il crut qu'il rêvait. L'animal venait de laisser tomber trois chapelets de saucisses ! L'enfant s'efforça de prendre un ton sévère :

— Dis donc, j'ai eu peur ! Tu aurais pu te faire tuer ! Il ne faut plus jamais t'enfuir comme ça, promis ?

En quelques coups de dent, le chien avala les saucisses, puis se dressa, la queue battante, comme pour signifier qu'ils avaient assez traîné dans le coin. Les ombres s'allongeaient déjà. Réprimant un frisson, Sébastien désigna le sommet, en face d'eux.

— Tu vois ? Juste derrière, c'est l'Amérique. Ma mère, Elle y est. César dit qu'Elle reviendra sans doute pour Noël. Peut-être même qu'Elle aura des cadeaux pour moi. Tu sais ce que j'aimerais ? Une montre avec une boussole comme celle de Marcel. Marcel Combaz, c'est notre maire mais c'est pas un ami, faudra t'en méfier. Et les chasseurs, tu les connais déjà. André, tu lui as bouffé le mollet. Il n'est pas aussi méchant qu'il en a l'air. Mais il est bête. Enfin pas bête comme toi, toi tu es intelligent. Tu comprends tout ce que je dis, pas vrai ?

Le chien approuva d'un bref aboiement. Ému, l'enfant détourna les yeux et répéta à mi-voix :

— L'Amérique c'est pas si loin que ça. Un jour j'irai. Et si tu veux, je t'emmènerai.

Il sentit le frôlement humide de la truffe. Sébastien se mit à pleurer sans bruit. Quand le chien entreprit de lécher sa paume, il voulut s'accroupir pour l'étreindre. Toute la journée, il avait attendu ce moment. Il lui fallut une seconde pour comprendre que quelque chose clochait. Un grondement sourd s'échappait des flancs de la Bête. Elle recula, toujours grondant, puis bondit et disparut. Éperdu, l'enfant supplia :

— Ne pars pas ! Reviens !

Le vent soufflait par bourrasques ; il s'approcha du vide. Quelque chose bougeait, loin devant sur le versant du massif. Des silhouettes minuscules venaient dans sa direction. Sébastien se replia derrière un rocher.

Voilà pourquoi l'animal avait fui ! Il aurait voulu retourner en arrière, caresser le chien et lui promettre de le retrouver. Et s'il redevenait sauvage ? Il tenta de se raisonner. De toute façon, ils auraient été obligés de se quitter… La gravité de sa situation lui apparut soudain. Dans deux heures, le crépuscule tomberait et César serait vraiment inquiet. Pourvu que les marcheurs se dépêchent ! Si son papé apprenait qu'on l'avait vu traîner sur le chemin des crêtes, ça risquait de chauffer !

À mesure que le groupe progressait, on distinguait mieux les silhouettes. Un montagnard ouvrait la marche, un couple suivait. Un homme traînant une valise et une femme chargée d'un paquet. Elle était chaussée d'escarpins comme ceux qu'Angelina gardait dans le coffre. Ils ne parlaient pas, mais on entendait les pierres rouler. Et puis soudain, le paquet se mit à pleurer. Sébastien étouffa une exclamation.

Un bébé ! Le couple était parti escalader la montagne avec un bébé !

Le guide fit signe à la femme de calmer l'enfant. Puis il désigna le col du Grand Défilé, en direction de l'Amérique. Il fit le geste de surmonter l'obstacle et tourna la tête. Sébastien étouffa un cri de surprise. En dépit de la distance, il avait reconnu le guide.

C'était le docteur Guillaume !

***

— Tu as dû te tromper. Et puis les gens ont bien le droit de se promener en montagne. Tu y traînes bien tout le temps, toi !

— Tu comprends pas, Lina ! Moi je suis grand et j'ai l'habitude. La dame, elle était de la ville et elle avait un bébé ! On promène pas un bébé sur le chemin des crêtes ! C'est dangereux !

— Grand ! Je rêve ! Et raisonnable, sans doute ?

Angelina soupira. On aurait dit qu'elle retenait quelque chose. De la colère ou un secret. Sébastien mit le couvert en cherchant une façon de l'amadouer. Sur le feu, la marmite laissait échapper des jets de vapeur odorants qui mettaient son estomac au supplice. La jeune femme reprit, excédée :

— Si c'est dangereux, j'aimerais bien savoir ce que tu y faisais au lieu d'aider papé. Guillaume fait ce qu'il veut. Ça ne regarde personne, tu comprends ?

— Oui, mais…

— Tu es passé par la bergerie, au moins ?

L'enfant baissa la tête, honteux.

En le voyant arriver hors d'haleine, son grand-père l'avait regardé en silence, avec une figure dure, serrée comme un poing. Il avait fini par lui commander de rentrer au chalet, sans lui. Sa voix était aussi froide qu'un torrent de montagne. Pire même.

— Pas ce matin, chuchota-t-il. Juste à la fin de l'après-midi. Je crois que papé est pas content.

— Alors comme ça, tu as traîné toute la journée ? Ça ne peut plus durer… On oublie que tu grandis.

— C'est grave, tu crois ?

— Que tu traînes toute la journée au lieu d'aller à l'école comme les autres enfants ?

— Mais non ! Les histoires de Guillaume !

La jeune femme sursauta.

— Pas du tout ! C'est juste que ça ne nous regarde pas.

— T'énerve pas, j'ai compris.

— Je ne m'énerve pas.

Elle l'attira dans ses bras. Sébastien se blottit contre elle. Il luttait de toutes ses forces pour ne pas éclater en sanglots. D'abord il y avait eu sa course folle avec le chien, les Boches, la colère silencieuse de César… Et ces secrets des adultes qu'on ne voulait jamais lui expliquer. Il se laissa bercer, le cœur gros. Angelina répétait :

— Ne te soucie pas de ça.

— Mais papé est fâché.

— Il s'est juste inquiété. Dès qu'il rentrera, tu iras l'embrasser. Je te parie qu'il aura oublié.

— Tu le promets ?

— Oui. Et pas un mot sur ce que tu as vu aux crêtes. Juré ?

# Chapitre 4

Angelina quitta la boulangerie d'un pas vif. La farine était de plus en plus rustique mais ils continuaient de fournir. Dans les sacs, il y avait de quoi tenir une semaine. Pas plus. On lui avait parlé d'un meunier qui vendait aux particuliers… Elle avait bien pensé faire le chemin à vélo, mais la remontée avec une remorque chargée de sacs de farine, c'était au-dessus de ses forces.

Plongée dans ses réflexions, elle entra dans la salle d'attente du cabinet de Guillaume. Trois femmes attendaient. Elle salua et resta debout. Elle n'avait ni le temps ni l'envie de discuter. Les autres ne manqueraient pas de jaser, elle n'y pouvait rien. Tant que l'on mettait ses visites sur le compte des sentiments, on ne parlait pas du reste.

Célestine poussa la porte, précédant André, et interpella Angelina :

— Si tu viens pour une consultation il va falloir prendre ton tour, ma belle !

— Non. J'en ai pour une minute.

## Chapitre 4

Sans lui laisser le temps de protester, la jeune femme l'entraîna dans le couloir.

— J'ai besoin de le voir de toute urgence. C'est important !

Célestine tenta de repousser la jeune femme vers la salle d'attente. Gronder et bougonner, c'était sa manière d'aimer Guillaume. Cette fois pourtant, elle céda.

— C'est à propos du convoi de la semaine prochaine ?

— Il y en a un de prévu ?

Célestine blêmit, comprenant qu'elle avait parlé trop vite.

— Mercredi, je crois. Si c'est pas une folie !…

Angelina poussa la porte du cabinet. Guillaume s'illumina.

— Quel plaisir de te voir ! Tu vas bien ?

— Parfaitement, merci. Je veux t'aider mercredi.

— C'est encore cette pipelette de Célestine qui a craché le morceau !

— Oui. Apparemment il n'y a que moi qui ne suis pas au courant.

— Ne dis pas de bêtises. Je te protège, c'est tout.

— Ah oui ? Tu me prends pour qui ? Une idiote ? Une demoiselle fragile ?

— Non, bien sûr, mais moins tu en sais mieux c'est.

— Ah oui ! J'oubliais ! La discrétion, le secret… Évidemment tu en connais long sur le sujet, toi.

Prudemment, Guillaume interrogea :

— Où veux-tu en venir ?

— Sébastien t'a vu en route pour le Grand Défilé.

— Qu'est-ce qu'il faisait là-haut ?

— Il grandit et il s'aventure de plus en plus loin.

— Alors on fait quoi ?

— Il m'a promis de ne rien dire à personne…

— Tu ne peux pas en être sûre et il ne devrait pas traîner seul comme ça. C'est un enfant, pas un petit sauvage.

— Ah oui ? Parlons-en des enfants ! Ceux de Saint-Martin sont sans pitié. Et leurs parents, c'est guère mieux !

— Tu ne peux pas condamner les gens parce qu'ils se montrent un peu fermés. C'est le tempérament d'ici mais dans le fond…

— Tu diras ce que tu veux, mais les origines ça compte beaucoup trop par ici !

— Et tu crois que le laisser libre comme l'air ça va l'aider à s'intégrer ?

— Non. Je sais. Je deviens folle à penser à tout ce qu'il faudrait faire, ce qu'il faut dire ou ne pas dire, penser ou… C'est tellement plus facile de…

— De quoi ? Se battre ? Mourir ? Tu dois rester prudente, Lina. César et Sébastien ont besoin de toi. Et avec ce Boche ça devient compliqué. Pourquoi est-ce qu'il se pointe ici chaque semaine ?

— Comment veux-tu que je le sache ! Je me contente de lui donner son pain !

— C'est bien ce qui m'intrigue.

— Quoi ?

— Un lieutenant chargé d'une besogne de soldat ? Il doit y avoir une raison.

Au lieu de répondre, Angelina se frotta les bras.

— Je suis partie comme une folle sans prendre mon manteau. Bon, j'y retourne. De toute façon la salle d'attente est pleine…

— Écoute… tout à l'heure je passerai à la bergerie. Veux-tu qu'on parle à César ?

— Tu ne vas pas dénoncer le petit !

— S'il commence à désobéir, c'est qu'il se passe quelque chose. Est-ce que tu veux m'aider à parler à ton grand-père ?

— Si tu veux. Mais ne le trahis pas, j'ai promis…

Il lui saisit le poignet. Ses doigts glissèrent sur la peau et s'attardèrent un instant.

— Viens me chercher ici en fermant. On ira ensemble, tu veux bien ?

— D'accord. (Elle réfléchit une minute, les sourcils froncés.) Tu es certain que ce n'est pas trop risqué pour une jeune fille comme moi ?

Elle éclata de rire. Il était temps que Guillaume lui donne d'autres missions. Elle se sentait bouillir à toujours rester en arrière, à l'abri !

***

César s'était endormi devant sa bouteille de génépi ; l'enfant en avait profité pour filer.

La Bête l'attendait sur le chemin des Glantières. Sauf que ce n'était plus une bête. Juste le chien. Son ami. Sébastien l'approcha sans chercher à le toucher. On n'apprivoise pas un ami en le forçant à vous aimer.

— Je suis content que tu sois venu. Hier j'ai eu peur de pas te retrouver. Je t'ai apporté de la tomme, mais je te la donnerai après. D'abord je veux te montrer un endroit.

Il désigna le torrent.

— Je suis venu tous les jours t'attendre ici. Mais tu te méfiais, pas vrai ? Sur la bande de sable je mettais un cadeau pour toi. Tu es venu une fois, tu te rappelles ?

## Chapitre 4

En aval, le torrent offrait des cavités naturelles assez larges pour qu'on puisse s'y baigner à l'aise. Sébastien poussa un cri de joie. La plus grande des « piscines » reflétait le ciel et les arbres.

— Viens, le chien ! Ici on risque rien !

Il avança jusqu'à avoir de l'eau à la limite de ses bottes. Le chien piétinait d'un air malheureux.

— Tu as peur ! Tu es une poule mouillée ! Et en plus tu pues ! Viens, je te dis ! Il faut te décrasser, sinon je pourrai pas te toucher parce que papé sentira que je pue moi aussi ! Allez, saute !

Joignant le geste à la parole, il arrosa le chien puis ferma les yeux, ébloui par l'éclat du soleil. Insensible à la morsure du froid, il continuait à brasser l'eau, ivre d'allégresse. Il devina un grand mouvement et se retrouva propulsé en arrière, sur les fesses, dans le torrent glacé. Sébastien empoigna le chien par le cou. Il s'agrippait à lui en riant ; l'animal se laissait bousculer et tremper. Soudain, en voyant la blancheur poindre sous la boue coulant de la fourrure emmêlée, l'enfant s'écria :

— Mais tu n'es pas noir ! Ton poil est blanc ! Attends !

Il se pencha vers le lit du torrent et attrapa une poignée de gravillons. Ses doigts étaient gourds de froid, mais il s'en fichait, occupé à frotter le pelage. On aurait dit un prodige, l'apparition d'un magnifique patou blanc comme neige, abandonnant dans le ruisseau sa dépouille de bête sauvage !

— Ce que tu es beau !

Le chien en eut bientôt assez et bondit vers la rive. Il s'ébroua, puis se laissa tomber sur une pierre chauffée par le soleil avec un soupir de satisfaction. Sa fourrure semblait avoir doublé de volume.

Sébastien ôta sa veste puis ses chaussettes, son pantalon, son pull et garda sa chemise. Il étala le tout sur un rocher, puis rejoignit l'animal, tout grelottant.

— J'ai pas trop intérêt à rentrer comme ça si je veux pas me prendre l'engueulade du siècle ! Tu t'en fiches bien, toi…

Le chien battit de la queue en guise de réponse, les yeux mi-clos. Pris d'un doute, l'enfant examina son ventre.

— T'es pas un chien ! Tu es une belle chienne ! Et moi je t'ai trouvée. Tu sais comment on les appelle ceux qui découvrent des trésors ? Des inventeurs. Alors c'est comme si je t'avais inventée.

Il réfléchit, les sourcils froncés.

— Faut juste te trouver un nom maintenant, tu veux ? Dis, la belle, tu veux ?

En guise de réponse, l'animal lécha le visage de l'enfant.

— Belle. C'est ça, tu seras Belle !

Il se blottit contre la chienne et s'endormit, rassuré et heureux.

***

— Écoute, César, tu sais que j'ai le plus grand respect pour ton savoir. Tu es un homme intègre, têtu sans doute mais j'admire les gens qui gardent leurs idées par les temps qui courent.

— Arrête ton beau discours ! Où veux-tu en venir ?

— Sébastien ne peut pas continuer à traîner dans la montagne toute la journée. C'est trop dangereux, avec cette fichue bête. Et en plus, il y a des Boches partout.

Le berger entreprit de palper les pattes du chamois rescapé.

— Dès qu'il sera sevré, il va repartir. L'appel du sauvage, on peut rien faire contre…

— Sébastien aussi doit rejoindre le troupeau… Guillaume a raison. Il faut le mettre à l'école, dit Angelina. Sa mère le voudrait aussi.

— Il a huit ans ! Tu veux qu'il reste illettré toute sa vie ? insista Guillaume.

Cette fois, le vieux se releva et fit front.

— J'ai passé mon certificat d'études alors que j'avais pas onze ans, avec une dispense ! Mon instituteur a convaincu mes parents de me laisser à l'école jusqu'au mois de juin cette année-là, au lieu de partir en alpage. J'ai bien cru que mon vieux allait s'étouffer. Et puis il m'a laissé. Résultat, j'ai été le plus jeune reçu du canton, et même du département ! Tu vois, docteur, ça m'a pas empêché de me retrouver à ramper dans la boue, avec un fusil à la main, en 14…

Il avait craché le mot *docteur* avec colère. Guillaume ne se formalisa pas. Il connaissait trop bien la rage des anciens combattants. Son père était pareil. Une génération entière sacrifiée. César n'avait peut-être aucune idée politique sur le pacifisme, pourtant il haïssait la guerre.

Angelina revint à la charge.

— T'as envie qu'il devienne un vieil ermite ?

Comme César ne disait mot, Guillaume adopta un ton mesuré :

— École ou pas, César, je te demande de le garder éloigné du Grand Défilé. Il y a trop de vert et de gris là-haut, si tu vois ce que je veux dire.

— Et des Glantières aussi. La Bête n'a pas encore été tuée, acheva Angelina.

D'un geste brusque, le vieux désigna les brebis à sa petite-fille.

— Tu te chargeras de la traite, ce soir. J'ai à faire.

# Chapitre 4

***

Belle et Sébastien avaient quitté le torrent pour rejoindre un ancien refuge, sur les contreforts rocheux du massif. L'enfant songeait à l'hiver venant. Comment ferait-il pour voir Belle les jours de tempête ? Comment la nourrir ?

Il avait l'intention de repartir assez tôt pour aider à la traite. Il marchait d'un bon pas et sa main ne cessait de chercher les flancs de l'animal. Belle se laissait cajoler. Elle obéissait même à ses ordres. La mémoire d'un chien était-elle comme celle des hommes ? Belle gardait-elle le souvenir des coups ? Est-ce qu'elle lui obéissait par habitude, à cause du dressage ?

— Moi je ne te forcerai jamais ! Sauf si c'est pour ton bien, tu comprends ? Et je t'expliquerai tout, parce que tu es mon amie.

Le refuge se dressait sur une colline aride. Autrefois, le lieu avait servi à des alpinistes, à des randonneurs, mais avec la guerre plus personne n'y venait. Sauf Sébastien. C'était son royaume.

Pour l'aménager, il avait chipé une vieille couverture. Après l'avoir cousue bord à bord, il l'avait bourrée de foin et installée dans un coin, près d'un âtre sommaire. Sur une caisse, il avait disposé sa collection de quartz, ses silex, quelques fossiles en forme de coquillages et une chandelle sur une soucoupe. Sur de grosses pierres entassées trônait la boîte où il avait rangé ses plus précieux trésors : un vieux porte-monnaie qui avait peut-être appartenu à sa mère, son lance-pierre, trois billes en fer, un morceau de bois sculpté figurant un bouc que César lui avait donné le jour où il avait gardé le troupeau tout seul, un manuel qui avait appartenu à Lina – sous les dessins, de grosses lettres noires étaient tracées (il feuilletait souvent le livre, rêvant de pouvoir lire) –, sept soldats de plomb, un crayon à mine de graphite, plus grand que son index et qu'il fallait économiser.

Il montra chaque objet à la chienne. Belle attendit que Sébastien ait reposé la boîte pour renifler le sol dans les moindres recoins. Une fois satisfaite, elle s'assit sagement, l'air de dire : « Et maintenant ? »

— Maintenant je vais te montrer le meilleur.

Sébastien se dirigea vers un coin où une large lauze plate était posée sur le sol. Non sans peiner, il déplaça la pierre et dévoila une cavité sombre. Aussitôt en alerte, la chienne renifla l'entrée du boyau.

— C'est un passage secret ! Suis-moi ! Viens, je te dis, ça va pas te manger, c'est juste un trou ! Ça mène tout droit dehors ! Comme ça, si tu es poursuivie tu pourras venir ici. Je laisserai la pierre de côté. Personne ne se doutera que tu es cachée là, tu comprends ?

Le chien écoutait mais ne bougeait toujours pas.

— Belle, cette fois je plaisante pas ! Les chasseurs veulent ta peau et moi je pourrai pas te protéger tout le temps ! Viens donc !

Il décida de ramper jusqu'à la sortie qui donnait à l'arrière du refuge. Il fallait que Belle comprenne, comme avec les pièges. Peut-être que ce n'était pas simple de penser chien.

Le trou de sortie était dissimulé par une terrasse surélevée, édifiée par le dernier occupant des lieux. Sébastien ignorait si l'homme avait aussi creusé ce passage secret. L'enfant émergea à l'air libre et tendit l'oreille. Rien. Pas un grattement. Il s'apprêtait à hurler le nom de Belle mais resta la bouche ouverte, muet, devant César qui le dévisageait.

— Qu'est-ce que tu as encore été fabriquer tantôt, tu vas attraper la mort ! Tes vêtements sont à tordre !

— C'est que j'ai glissé au gué.

— Et pourquoi tu n'as pas pris le pont ?

— Pour m'entraîner à pas glisser. Ensuite je suis venu au refuge me réchauffer.

— Et pourquoi pas à la bergerie ? Tu as promis de m'aider à la traite, tu te souviens ?

— Je sais papé, sauf…

— Sauf que tu t'entraînes à raconter la vérité en testant les bobards. Tu caches quoi ?

— Rien !

— Allons voir ça.

Le berger contourna le refuge. Sébastien le suivit, bafouillant qu'il pouvait tout expliquer. Le vieux était déjà au milieu de la pièce.

— Expliquer quoi ?

La pièce était vide.

Sébastien pria pour que son grand-père ne regarde pas dans la direction du tunnel.

— C'est juste que j'aime bien la montagne. Je peux lui parler quand je suis tout seul, ici.

— À la montagne ?

— À maman…

Le berger rougit. Sébastien comprit que cette fois il avait échappé aux questions. Il baissa la tête, de honte d'avoir menti, et de soulagement, parce que Belle était sauve.

— Écoute-moi bien. À partir de maintenant tu viendras à la bergerie tous les matins. Pas question de traîner au lit. Je vais te mettre au boulot, ça te donnera moins envie de courir.

**Chapitre 4**

— Et l'après-midi, papé ?

Devant le visage suppliant, le vieux eut un brusque élan de compassion. Il bougonna :

— On verra, petit, on verra…

# TROISIÈME PARTIE

# Chapitre 1

L'enfant observa le chien qui longeait la berge. Soudain Belle se figea. Prudemment, Sébastien remonta le courant. La truite se tenait tranquille à l'ombre d'un rocher moussu. Il lança la main dans l'eau et d'un seul mouvement arracha le poisson au torrent.

Il hurla de joie et rejoignit la berge. Oubliant la morsure de l'eau froide, il saisit une pierre et assomma la truite en deux coups secs, comme César le lui avait montré. On ne laisse jamais souffrir inutilement un animal qu'on va manger. Il déposa le poisson dans le panier, avec deux autres prises d'une taille plus modeste.

La chienne entreprit de lui lécher les mains et les pieds, et sa langue chaude lui arracha un rire de chatouillis.

— Tu vois, à nous deux on est les meilleurs pêcheurs de toute la vallée !

Il finissait de nouer ses lacets de chaussures quand deux coups de feu claquèrent. Les tirs semblaient provenir de la route qui montait depuis la vallée jusqu'aux villages d'altitude. L'enfant se jeta dans la pente. La peur lui donnait des ailes. Pourvu que les chasseurs ne soient pas venus traquer la Bête !

***

Hans et Erich avaient décidé de prendre un peu de bon temps. Personne n'irait leur reprocher d'être en retard puisqu'il s'agissait d'inspecter la route des cols...

Les deux hommes n'avaient jamais touché un fusil avant la guerre. En revêtant l'uniforme de la Wehrmacht, leur vie avait changé. Ils avaient pris goût aux armes.

Hans venait de descendre du camion quand un mouvement attira son attention. Au milieu de la pente, un groupe de biches évoluait à portée de fusil !

À présent, il fulminait. C'était la faute d'Erich s'il avait tiré trop vite ! La harde s'était dispersée. Heureusement, cet abruti aussi avait loupé son coup ! Il s'apprêtait à gueuler quand il aperçut un cerf. Affolé, l'animal remontait vers eux.

— Va-t'en ! Sauve-toi !

Surpris, Hans déchargea n'importe comment. Il tourna la tête en direction du cri et découvrit un enfant au-dessus d'eux. Le mioche les fixait d'un air furibond.

— Faut pas tirer sur les biches ! Si César vous voit ça va chauffer !

Erich ignora l'intrus, mais le gamin se remit à crier : le cerf disparut dans la pente.

Hans fut sur Sébastien en trois enjambées et d'une bourrade l'envoya rouler par terre. Une rage disproportionnée l'avait envahi. Ce maudit pays, les regards haineux de ces bouseux, la peur des attentats, tout remontait d'un coup. Ce petit merdeux allait voir !

Le cri horrifié d'Erich précéda de peu un grondement effroyable qui lui glaça le sang. Une bête fondait sur lui, un monstre blanc à la gueule béante. Il perçut distinctement le claquement des mâchoires et laissa échapper son fusil, qui percuta un rocher. Il sentit les crocs s'enfoncer dans la chair de son bras.

Erich visa le flanc de l'animal, mais sa main tremblait. Le coup partit de travers. L'animal lâcha sa proie et détala, aussi vif qu'un diable jailli des enfers !

L'enfant avait lâché la pierre et fixait le soldat. Erich prit conscience que durant l'attaque il n'avait même pas reculé.

***

Le lieutenant Braun attendait une explication. Marcel lorgna du côté de César, priant pour qu'il se tienne tranquille. Braun arrêta son regard sur Sébastien.

— Mes hommes disent qu'un enfant était là-haut. Il s'agit de toi, je suppose ?

Sébastien baissa la tête. Irrité par son mutisme, Braun s'adressa au maire :

— Une arme brisée, un de mes hommes blessé. Vous comptez régler le problème de quelle manière ?

— Le petit vient de me raconter l'incident, pas une seconde avant votre arrivée ! Je ne suis pas responsable des bêtes sauvages qui cavalent dans la montagne, moi ! Je vous rappelle que vous nous avez confisqué nos armes ! Il va falloir vous en charger…

— Vous croyez que je n'ai que ça à faire ? M'occuper de traquer un chien ?

Le lieutenant se tourna de nouveau vers l'enfant.

— Explique-moi ce que tu faisais là-haut, tout seul… Tu veux te faire dévorer ?

Sébastien consulta le vieux berger du regard. Lui, Braun ne l'avait jamais vu. Solide. Un coriace. Le visage de l'enfant lui était vaguement familier, mais il ne put se rappeler où il l'avait croisé.

— Je n'ai pas bien entendu tes explications...

Le vieux parla d'une voix basse, assurée :

— Réponds au lieutenant, Sébastien.

Un éclair de colère fit briller les yeux de l'enfant.

— Il a tiré, lui ! (De la main, il désignait Hans.) Il l'a ratée. Ensuite la Bête s'est sauvée !

— Je répète, puisque tu n'as pas l'air de comprendre très bien mon français : qu'est-ce que tu fichais là-haut ?

— Je pêchais.

— Tiens donc ! Et on peut voir ta canne ?

— J'ai pas besoin de canne.

Le lieutenant fixa César, qui acquiesça avec un léger sourire. Oui, c'est lui qui lui avait appris à prendre les truites à la main et le petit se débrouillait bien.

Le lieutenant reprit, plus calmement :

— Tu as quel âge ?

— Huit ans.

— Huit ans... Monsieur le maire, les enfants de votre commune ne sont pas scolarisés ?

— Si... bien sûr... mais pas Sébastien. Il est un peu sauvage le petit, pas vrai, César ?

L'Allemand ironisa :

— Si vous laissez ainsi les écoliers sans éducation, pas étonnant que nous ayons gagné la guerre en deux mois, n'est-ce pas ?

— Vous aviez perdu les deux précédentes, rétorqua le vieux.

— César, bon Diou, tais-toi !

Marcel était devenu cramoisi. Il supplia – peu importe s'il y gagnait une réputation de lèche-bottes !

— Ne faites pas attention, on va chercher cette bête et on l'aura. Je vais organiser une battue !

— Je les connais vos battues ! De vraies passoires ! Je veux cinquante hommes, pas moins. Recrutez s'il le faut dans les villages alentour.

— Cinquante !

— Pas un de moins. Demain matin, huit heures. Heure allemande, pas française !

— C'est impossible ! Vous ne connaissez pas la montagne, il faut procéder par…

— Monsieur Combaz ! Vous êtes peut-être du coin mais j'ai l'habitude des stratégies d'encerclement, contrairement à vous.

Le maire, vaincu par l'autorité de l'Allemand, demanda :

— Il faudrait nous rendre nos carabines… sans cela on fera quoi si on la trouve ?

— On verra demain. Je veux être débarrassé de cette bête une fois pour toutes, c'est bien compris ?

— Parfaitement.

— Tant mieux. Parce que si vous me décevez…

***

Cinquante hommes ! L'enfant ne savait pas compter, mais rien qu'à voir la tête de Marcel, ça devait être quelque chose ! Comment Belle pourrait-elle leur échapper ?

César l'entraîna dehors alors que les autres discutaient encore devant une carte de la région.

— Papé, vous allez la faire où cette battue, demain ?

Le vieux s'accroupit à sa hauteur. Son regard était incisif ; l'enfant ressentit une vague de honte, puis songea à Belle et se força à sourire.

— Pourquoi ça t'intéresse ?

— Pour savoir…

César se dirigea vers la sortie du village. Sébastien le suivit en silence. En passant les dernières maisons, César reprit :

— Pour la battue, on ira sur le versant des Glantières. Il y a de fortes chances pour que la Bête rôde dans le coin. Je ne veux pas te savoir là-bas, compris ? Au chalet ou à la Meije, tu seras en sécurité.

— Promis, juré ! Je ne bougerai pas de la Meije !

Pour rire, il cracha par terre et leva le poing.

— Parole de César !

# Chapitre 2

La demie de sept heures venait de sonner. Tous ceux qui s'étaient présentés avaient récupéré leur arme à condition de signer le papier du Boche. Si la battue échouait, les armes retourneraient chez les frisés.

Angelina se fraya un chemin jusqu'à Guillaume et le salua d'un signe, sans le toucher, car les commères veillaient au grain. En lorgnant du côté des « officiels », Combaz et son adjoint, elle éprouva un vague sentiment de déception. Celui qui avait ordonné la battue n'était pas venu. Elle se persuada que son souci venait du besoin de connaître l'ennemi et s'efforça de chasser l'image des yeux très bleus fixés sur elle. Distraitement, elle demanda à mi-voix :

— Tu ne vas pas chasser avec les autres ?

— Je déteste les battues. Ça m'étonne que César y prenne part.

— Il a un compte à régler.

Le maire gueulait pour imposer un peu d'ordre. Une fois le silence établi, il consulta sa montre-boussole. Le lieutenant avait dit « huit heures, heure allemande ». Même en l'absence de celui-ci, il tenait à prouver que les Français aussi savaient être ponctuels.

Huit heures moins cinq. L'espace d'un instant, il se sentit comme un général sur le point de commander un assaut.

— Je vous rappelle qu'on a vu la Bête à trois reprises et chaque fois dans la vallée des Glantières. Pour les chefs de ligne je nomme Paulo, Fabien, Gaspard, Jean et moi-même. Fabien se chargera de couvrir les hauteurs. Jean prendra la ligne basse. Les autres au milieu, avec moi. Je préviens déjà les petits malins qui comptent se faire un tableau de chasse : on tire uniquement la Bête. Rien d'autre ! Même pas un sanglier. On marche en ligne et on sonne souvent pour se repérer. Toi, André, avec ta patte folle tu prendras l'aile droite, celle de Jean. C'est la plus facile. N'oublie pas de fouiller les éboulis.

André hocha la tête avec vigueur.

— Si tu crois que j'ai envie de la laisser filer !

— Toi, Fabien, tu prends l'aile gauche jusqu'à la crête. Je garde le milieu avec Paulo et Gaspard. Neuf hommes par chef de ligne.

Aussitôt les chasseurs se regroupèrent, pressés de partir, d'autant qu'un vent froid s'était levé. Seul César n'avait pas bougé.

— Et toi, César ? demanda le maire.

— Je vais me poster au col de la Meije. C'est là qu'il faut pousser.

— T'es sûr ? Ça fait une bonne trotte depuis les Glantières…

André lui souffla :

— Tu vas pas croire cet ivrogne, Marcel !

Combaz le repoussa. Si César buvait un coup de trop, il en avait bien plus dans la caboche que la plupart d'entre eux.

— Arrête tes conneries, Dédé. Si César dit qu'elle est là-bas, c'est qu'il a ses raisons ! Les amis, on pousse à la Meije et si on la trouve pas on reviendra par les Glantières. En route !

***

Ils passèrent un premier col. En dépit de l'effort, personne ne se plaignait. On aurait dit la marche d'un géant. Avec l'effort et le partage, un sentiment de jubilation les prenait, qu'ils n'avaient pas vécu depuis le début de la guerre.

Enfin, après trois heures de marche et de fouilles, la combe de la Meije apparut. Si la Bête était là, elle ne leur échapperait pas !

César accéléra le pas tandis que les premiers arrivés se laissaient tomber par terre, épuisés. D'un geste de la main, le berger indiqua qu'il partait se poster plus haut. Combaz donna le signe de la halte. Que le vieux se crève à courir, lui n'en pouvait plus. De toute façon il fallait manger avant de reprendre la traque, sinon personne ne finirait la journée debout !

***

Avant même d'entendre la vallée résonner comme un tambour, ils les sentirent venir. D'abord une infime palpitation, puis la rumeur était devenue martèlement et Sébastien avait dû se rendre à l'évidence. Quand le bruit se calma, il sut que c'était leur dernière chance d'échapper aux chasseurs.

— Ils devraient pas être là, dit-il à Belle. Ils avaient dit qu'ils allaient aux Glantières ! On va essayer de rejoindre le refuge. Si on y arrive on est sauvés. Viens !

César l'attendait au bas du pierrier, le visage inexpressif. L'espace d'une seconde, l'enfant crut voir un gardien de pierre, qui pointait son arme dans sa direction. Le fusil se déplaça sur la droite, vers Belle.

— C'est pour ton bien, Sébastien.

L'homme avait la voix de son papé. On aurait dit qu'il le suppliait, mais ce n'était pas vrai. Personne ne supplie avec une arme.

Un cri sortit de la gorge du garçon.

— Non ! Tire pas, c'est mon amie !

Il se tourna vers la chienne, agita les bras et hurla :

— Va-t'en, Belle ! Vite !

La chienne disparut en quelques bonds. Le fusil avait suivi sa trajectoire mais il ne tonna pas. L'enfant criait toujours. César regarda l'énorme bête fuir, sans trouver le courage d'appuyer sur la détente. De toute façon le chien était foutu, les autres l'attendaient en bas. Il ne pouvait pas faire ça, pas devant son petit-fils !

— Pourquoi tu as menti ? Pourquoi tu m'as tendu un piège ? C'est mon amie, elle est pas méchante ! C'est toi le menteur ! hurla Sébastien.

***

Dans la bergerie, le feu de la veille était éteint depuis longtemps. L'enfant attendit que César pousse un verre plein d'eau vers lui pour parler.

— S'il te plaît, grand-père, je veux y retourner…

— Pas question.

— Tu comprends pas. Elle est pas méchante… elle me fait confiance !

— Cette bête sera jamais l'amie de personne. On doit l'abattre.

— Non !

Le berger sortit et referma le battant derrière lui. Sébastien fixait les planches avec ahurissement. Le bruit du loquet malmené acheva de le paniquer. César était en train de le dévisser pour qu'il ne fonctionne plus de l'intérieur !

Il entreprit de fouiller la bergerie à la recherche d'un outil. Les lames des couteaux étaient trop courtes ou trop épaisses pour passer dans les interstices du bois. Il alla dans la pièce du fond, où il savait trouver l'alambic. Il n'y trouva qu'un fil de fer enroulé sur le pied du réservoir. Il le détacha et courut vers la porte. Le fil passait dans l'étroite fissure ! En façonnant un crochet il n'aurait plus qu'à soulever le loquet pour le remettre en place dans son encoche !

Il batailla ferme, oubliant le froid et la fatigue. Plus de dix fois il crut réussir, mais le loquet finissait toujours par retomber. De désespoir, il tira si fort que la clenche se souleva enfin.

Il était libre !

Il se mit à courir droit vers le chemin des crêtes.

***

## Chapitre 2

Après avoir cassé la croûte, les chasseurs se hâtèrent de repartir. César réapparut à la crête, nimbé des feux crépusculaires. Le berger descendait d'un pas tranquille vers la ligne qui progressait lentement à travers la vallée haute. Il pointa du doigt la zone qui n'avait pas été couverte, puis se dérouta légèrement afin de rester en surplomb, entre les crêtes et la ligne de battue.

Fabien, l'adjoint au maire, s'était engagé dans une zone de buissons quand une flèche de fourrure détala sous ses yeux ; il n'eut que le temps d'épauler et de viser au jugé. La flèche était un chien, énorme et blanc, pas noir, peu importait, on ne pouvait guère se tromper sur un pareil molosse ! Il tira à trois reprises, crut entendre un jappement de douleur et sut qu'il avait fait mouche. La fierté l'inonda. Il avait réussi, lui Fabien Murgicz, l'éternel second ! Les autres rappliquèrent.

— Tu l'as eue ?

— Et comment ! Té, César, tu avais raison !

Le vieux arrivait bon dernier, la mine sombre.

— C'était la Bête, pas vrai ? Tu l'as vue de là-haut ?

— Je l'ai vue. Elle a fui dans la ravine.

— Tu crois qu'elle a pu atteindre la brèche ?

— Sauf si elle agonise. Allons voir.

L'excitation ranima les chasseurs. Dédé, plus enragé que les autres à l'idée de voir sa vengeance lui échapper, distingua les traces de sang en premier.

— Saleté, tu l'as vraiment butée !

César s'empressa de le rejoindre, le cœur au bord des lèvres. Cela faisait trois heures qu'il luttait contre le remords. Sébastien ne lui pardonnerait jamais. Sa colère éclata subitement :

— Où c'est qu'il est ton cadavre, andouille ? Sous ce caillou ?

— J'ai pas dit ça. Mais le sang, tu crois qu'il vient du Saint-Esprit ?

— Des taches de sang, ça veut pas dire que la Bête est morte. Elle a pu se traîner dans la brèche. Il faut la rattraper. Vous avez dû passer à côté dix fois et elle a pas bronché. Elle est maligne. Si jamais elle s'en tire après la battue…

Tout le monde avait compris. Échapper à la battue signifiait une expérience accrue. Le chien enragé était déjà méfiant, à présent il serait plus difficile à traquer. Plus dangereux aussi.

Ils inspectèrent les éboulis. Comme l'ombre commençait à noyer les pièges du terrain, Combaz décida de donner le signal de la retraite et demanda :

— César, ça te dérange si on fait halte par chez toi ?

— À la bergerie ?

Il acquiesça à contrecœur, songeant à la réaction de Sébastien enfermé depuis des heures là-haut.

Les plus prévoyants sortaient des flambeaux de leur barda. Ils enflammèrent l'étoupe et prirent la tête de la procession. Personne ne remarqua César qui traînait à l'arrière, misérable.

Quand ils parvinrent à la bergerie, la porte restée entrouverte grinçait dans le courant d'air. Combaz découvrit le fil de fer encore accroché à la clenche et blagua :

— Tu aurais pas enfermé un diable par ici, César ? Parce que ton prisonnier s'est fait la malle !

— Bon Diou ! Le petit !

— Quoi ? Décidément c'est sa spécialité de cavaler partout ! Tu devrais le dresser un peu !

Le vieux secoua la tête et pénétra dans la pièce d'un pas chancelant. Les chasseurs entrèrent derrière lui.

Sans se préoccuper de se faire voir, le berger se glissa dans la pièce de l'alambic et en rapporta trois nouveaux flacons, suscitant des hourras.

Personne ne vit le petit visage s'encadrer à la fenêtre.

L'enfant s'éloigna de la bergerie. Il pleurait en silence et le froid des larmes était presque une caresse comparé au sentiment de vide qui l'oppressait. Il parcourut les kilomètres jusqu'au chalet dans un état second.

C'est le cri d'Angelina qui le sortit de son abattement. La jeune femme avait imaginé le pire mais, devant cette figure tirée par les larmes, elle sut qu'il était arrivé un autre genre de malheur.

***

Quand César finit par apparaître, au petit jour, Angelina était à bout de colère. Lui, titubant, s'affala dans son fauteuil.

— Tu ne me demandes pas des nouvelles de Sébastien ?

— Il est ici, pas vrai ?

— Si on veut.

— Il… il va bien ?

— Ça dépend de quoi tu parles. Physiquement il est entier. Pour le moral, en revanche, c'est autre chose ! Il a déboulé en plein milieu de la nuit, les yeux rouges, muet. Tu lui as fait quoi ?

— On l'a eue, la Bête de malheur… Ce chien… figure-toi que le gamin et lui ils font copain-copain… Il a fallu que je l'enferme.

— Qui donc ?

— Le gamin ! Parce que la Bête on l'a dégommée ! C'est Fabien, pas moi, moi je pouvais pas. Je les ai conduits à elle. Et Sébastien… c'est lui qui m'a donné l'idée. Faut dire que je le surveillais depuis un moment. C'est pour ça qu'il m'en veut. Comme quoi je l'aurais trahi. Moi j'ai fait ça pour son bien.

— Qui est copain-copain ? Au nom du ciel, explique-toi ou bien va te plonger la figure dans un baquet d'eau froide !

— C'est pourtant simple ! Sébastien et le chien enragé, je les ai vus ensemble !

— Mais je croyais que tu l'avais enfermé ?

— Après ! Avant ils étaient ensemble, après je l'enferme et ensuite Fabien la tire, la Bête est crevée, fin de l'histoire !

— Tu n'as pas honte de te mettre dans un état pareil ? Je suppose que tu as passé la nuit à boire avec les chasseurs ? Et Sébastien ? Tu crois qu'il est heureux de savoir que son grand-père s'enivre parce qu'il ne sait pas comment dire les choses ? Parce qu'il ne se décide pas à le mettre à l'école sous prétexte que la montagne est meilleure maîtresse ?

Elle sortit en claquant la porte avec violence. Au moment où César allait glisser dans une bienfaisante somnolence, une voix glacée s'éleva :

— Je te pardonnerai jamais. Ce que tu as fait c'est bien pire que tuer une maman chamois. Pire que jurer et puis reprendre sa parole. Pire que tout !

Debout au pied de l'escalier, Sébastien le dévisageait. Ses yeux brillaient d'un éclat sauvage.

# Chapitre 3

Il avait à peine dormi, pourtant il cavala jusqu'au refuge. Il essayait de chasser les images du sang tachant la fourrure de Belle. C'est lui qui l'avait apprivoisée. Lui qui était responsable de sa mort. Papé l'avait dit.

Le refuge était encore plongé dans la pénombre. L'enfant referma la porte. Il avait tout perdu, son amie, César. Il s'accroupit et plaqua son visage contre ses genoux, assez fort pour voir des explosions de lumière rouge derrière ses paupières. Dehors, quelque chose approchait. Il tendit l'oreille et distingua un grondement, suivi d'un frottement. On grattait, là, dehors ! Seul un loup pouvait gronder ainsi ! Avait-il bien fermé ? Il ferma les yeux et attendit. Il y eut un premier coup, puis un second, et la porte s'ouvrit avec grand fracas.

Le loup avança d'un pas et quelque chose se déchira dans la poitrine de l'enfant.

— Belle, c'est toi ? Belle ?

Son poil était maculé de sang. La plaie elle-même s'étalait à l'arrière du flanc. La chienne, avec un gémissement plaintif, s'affaissa.

— Belle, on va te sauver, promit Sébastien. Je vais te soigner mais pour ça il faut que je reparte. Tu ne bouges pas. D'accord ?

Il croyait entendre la voix tranquille de César lui dicter ses gestes. *Quand une bête est blessée, nettoie d'abord la plaie.* Il saisit la couverture qui faisait office de tapis, en couvrit la chienne. Il imaginait sa fuite dans la nuit, la douleur et la peur de mourir seule, abandonnée.

Belle dormait déjà. Son souffle lui parut trop chaud, trop rapide aussi : c'était mauvais signe. Encore une chose que son grand-père lui avait enseignée. Il se glissa dehors, referma soigneusement la porte. Le temps avait changé : des flocons de neige tombaient en tourbillons soyeux. Angelina affirmait que les premières neiges étaient des promesses d'anges. Sébastien fit un vœu, en fermant les yeux pour lui donner plus de force. Ensuite, affolé d'avoir perdu quelques secondes, il dévala la piste. Son cœur battait d'un espoir fou. Trouver de quoi la soigner. Et la nourrir. Ne pas se faire remarquer. Garder le secret.

César était sûrement reparti à la bergerie, quant à Angelina, elle ne rentrerait pas avant la fin de la journée.

Mais son grand-père était toujours au chalet, avachi devant le feu éteint.

— Tu étais où ?

Le petit grimpa l'escalier. Il dut se mordre les lèvres pour ne pas hurler une injure. Traître. Sale traître !

— Sébastien, réponds !

L'enfant claqua la porte aussi fort que possible. Un silence de plomb s'abattit sur le chalet. Il guettait, l'oreille tendue, immobile. César aurait trop honte pour l'attendre. En plus il était en retard pour la traite. Si par sa faute Belle mourait, Sébastien quitterait la maison. Pour toujours.

La porte, en bas, se referma. Le garçon descendit à la cuisine et fouilla l'armoire où César rangeait ses réserves d'alcool. Rien. Il explora les cachettes, là où le vieux planquait son génépi. Le coffre. Non. La huche. Non. Même si César préférait boire à la bergerie, il restait forcément une bouteille au chalet. Il se hasarda dans la chambre du vieux. C'était une pièce où il n'allait jamais. Papé n'aimait pas. Le mobilier se résumait à un lit étroit, une armoire et une table de chevet. Dans le tiroir de celle-ci, il ne trouva qu'un vieux livre corné qui semblait avoir été lu et relu. Bizarre, papé prétendait que le goût des livres lui était passé depuis longtemps. Il fouilla vainement l'armoire, regarda sous le lit. Rien. Il tâta la couette épaisse, puis sa main glissa sous le matelas. Le flacon était là, coincé entre les lattes du sommier.

Il ressortit en vitesse de la chambre, rangea l'alcool dans son sac à dos, ajouta un morceau de fromage. Ensuite, il coupa un bout de lard, en priant pour qu'Angelina ne s'aperçoive de rien. Il remplit sa gourde d'une eau pure, bien fraîche, attrapa les ciseaux de couture d'Angelina. Il faudrait les rapporter vite.

En sortant, il fit un détour par l'auvent où l'on étendait le linge et attrapa un des draps qui séchaient. Si Lina s'apercevait de sa disparition, il raconterait qu'il avait mouillé son lit à cause d'un cauchemar et ça la ferait taire !

***

Au refuge, la chienne dormait toujours. Affolé à l'idée qu'elle soit morte pendant son absence, il fit assez de bruit pour la tirer de sa léthargie. Elle cligna des yeux et agita faiblement la queue. Il remplit un bol avec l'eau de sa gourde, disposa le flacon de génépi et les ciseaux à portée de main et coupa des bandelettes dans le drap propre. Il avait souvent vu faire César.

Il entreprit d'examiner la blessure. Le sang avait coagulé sur les poils et formait une croûte épaisse. Il expliqua :

— Je vais te couper un peu les poils, sinon j'y arriverai jamais. Tu vois ? Ça fait pas mal… il faut nettoyer. Et pour ça, y a pas meilleur que le génépi, c'est papé qui le dit.

En quelques coups de ciseaux, il ôta le plus gros de la bourre sanglante et dégagea la plaie. Au milieu du cratère, un peu de sang suintait. Le trou était petit, sûrement que ce n'était pas trop grave. Il se demanda où avait disparu la balle car il ne voyait rien. D'un geste décidé, il versa l'alcool sur la plaie. La chienne frémit, geignit mais se laissa faire. Le garçon lui parlait sans s'interrompre, à la fois pour la bercer et pour se donner du courage.

— Tu sais, je lui pardonnerai jamais ce qu'il t'a fait, César. Je lui parle plus. Plus jamais !

Une fois la blessure nettoyée, il confectionna un pansement de fortune. Dans un dernier effort, Belle lui lécha la main et laissa sa tête retomber.

Il put enfin s'occuper du feu. Il faudrait prévoir beaucoup de bûches. Demain il irait dans le bois. Et puis il en piquerait aussi dans l'appentis.

Épuisé par tant d'émotions, Sébastien se blottit contre la chienne, ramena la vieille couverture sur eux et s'endormit, persuadé qu'elle était sauvée.

# Chapitre 4

Il neigeait depuis deux jours, de gros flocons qui avaient fini par couvrir vallées et monts d'un manteau blanc dont l'éclat tranchait avec le ciel morne.

Le panier d'Angelina pesait. Il lui restait au moins trois kilomètres à parcourir. D'habitude, elle prenait son vélo pour aller à la ferme d'en bas, mais avec la neige…

En entendant la voiture approcher, elle s'obligea à garder la tête tournée vers la vallée. Son cœur battait si fort qu'elle dut reprendre son souffle. Elle crut qu'il s'éloignait, frémit, mais le véhicule s'arrêta. La portière s'ouvrit. Ses yeux clairs lui parurent plus brillants que de coutume – ou alors il riait sous cape.

— Je vous emmène ?

Elle chercha une phrase cruelle, pour le blesser. Le panier ne pesait plus rien au bout de son bras. Elle se sentit forte, assez pour défier le monde entier. Derrière elle, le moteur ronfla encore mais au lieu de la dépasser le lieutenant Braun continua à rouler au pas. Elle pouvait presque sentir son regard sur elle.

— Il fait froid. Ne soyez pas entêtée…

— On est habitués par chez nous.

— Oui, je sais, vous êtes très « résistants » dans le coin. Je viens de recevoir carte blanche du quartier général SS pour démanteler le réseau de passeurs de clandestins. Vous savez ce que ça signifie, carte blanche ?

Angelina ne s'attendait pas à une attaque aussi directe et perdit contenance. Braun en profita pour ouvrir à nouveau la portière. Elle se laissa tomber sur le siège en cuir. Il allait voir de quoi était capable une petite Française !

Les premières maisons de Saint-Martin apparaissaient. Il demanda d'une voix mal assurée, ce qui ne lui ressemblait guère :

— Vous viendrez me voir quand cette saloperie de guerre sera finie ?

Elle sursauta.

— Vous ne parlez jamais ?

— Jamais à un Allemand.

Angelina elle-même fut choquée par la violence de sa réponse.

— Bien sûr…

L'amertume du ton la fit rougir.

Comme ils entraient dans le village, deux enfants durent s'écarter pour laisser passer la traction. Ils les dévisagèrent, bouche bée. Angelina réalisa qu'on risquait de parler sur son compte, mais il était trop tard pour lui demander de s'arrêter, surtout maintenant. Elle venait de le blesser alors qu'elle voulait simplement… simplement quoi ? Lui faire sentir qu'elle ne se laisserait pas faire, d'autant moins que le trouble qui la prenait en sa présence, et qu'il partageait, la mettait en colère ?

Il roula jusqu'à la place.

— Vous pouvez descendre, maintenant.

Sans un mot ni un regard, car elle se sentait sur le point de fondre en larmes, Angelina se précipita vers la boulangerie.

Le lieutenant Peter Braun avait redémarré un peu trop vivement et il pila pour ne pas écraser un piéton. L'homme le foudroya du regard. Braun reconnut le médecin. Il hésita à baisser sa vitre pour le saluer. Trop de méfiance partout. D'ailleurs l'autre repartait déjà. Voilà quelqu'un qui ne devait pas tellement aimer l'idée de collaborer. Pour l'approcher il faudrait user de prudence, ne pas l'effaroucher.

Un peu ragaillardi à cette perspective, le lieutenant s'efforça d'oublier les yeux noirs qui le hantaient…

***

Belle dépérissait. Le pire, c'est qu'elle ne voulait plus manger. Pour l'empêcher de mourir de faim, Sébastien lui faisait avaler du lait, trois ou quatre bols par jour, sauf que ce matin elle avait refusé de bouger la tête pour laper.

Il n'avait plus le choix. Il irait chercher des remèdes à la bergerie. De toute façon il avait encore besoin de génépi et il n'osait plus fouiller la chambre. Si son grand-père apprenait que la chienne était vivante, il viendrait l'achever. Sébastien serra les poings. Il n'arrivait toujours pas à comprendre comment son papé, qu'il admirait plus que quiconque, avait pu le trahir.

Il attendit à la lisière des pins, non loin des pièges. Il était à peu près sûr que César cuvait son digestif. L'enfant avait remarqué que le berger buvait plus que de coutume. Quand il fut certain d'être tranquille, il pénétra dans la remise où César entreposait les seaux de traite et ses outils. La boîte qui renfermait les remèdes était rangée sur une planche. Elle contenait des pommades, des bandages et un flacon de pilules. Il hésita à choisir un tube. L'un portait une étiquette rose, l'autre jaune. Est-ce que ce serait dangereux de choisir au hasard ?

Finalement il opta pour le jaune parce qu'il avait l'air plus neuf. Il rafla aussi un bandage, avisa la pierre de sel posée plus bas et s'en empara. César prétendait que c'était bon pour plein de choses. Il la fourra dans sa poche et s'apprêtait à sortir quand la porte s'ouvrit sur la silhouette du berger. L'espace d'une seconde, peut-être parce qu'il avait oublié, l'espoir éclaira son visage tanné.

— Ah ! T'es là…

L'enfant bouscula son grand-père pour sortir. Le cabri l'accueillit en bêlant. Il s'était attaché à César et le suivait comme son ombre.

Le cabri vint flairer les mains de l'enfant. Il reniflait les traces de sel. Pour ne pas se trahir, Sébastien fourra les mains dans ses poches. La pierre faisait une bosse qu'il fallait cacher. César s'accroupit devant le jeune chamois.

— Il est grand maintenant, mais il veut pas rejoindre les autres chamois. Ça serait mieux pour lui, pourtant. Si tu veux, demain, on pourrait l'emmener là où on l'a récupéré. On peut pas le garder ici. Ce serait comme l'enfermer. Et puis la neige n'est pas bien épaisse, il aura le temps de s'habituer avant que l'hiver cogne vraiment.

L'enfant le foudroya du regard.

— T'as qu'à le tuer lui aussi. Ça sera plus vite fait !

César ne s'était même pas excusé. Rien de rien ! Et Belle était en train de mourir par sa faute !

Alors qu'il s'éloignait, la voix de son grand-père lui parvint, suppliante :

— Petit, tu peux pas continuer à me parler comme ça. Reviens !

***

Il fulminait en revenant au refuge. Il n'avait pas eu le temps de voler du génépi. La blessure devait être nettoyée, elle puait de plus en plus. Tant pis. Il ferait chauffer de l'eau.

L'odeur était suffocante. Il parla aussitôt, dans l'espoir de tirer la chienne de sa léthargie.

— Regarde ce que je t'apporte ! C'est du sel, ça donne de l'énergie.

Mais quand il lui présenta la pierre de sel, Belle gémit. Elle haletait, les yeux vitreux. Il lui caressa le museau, doucement, pour ne pas lui faire mal. Les larmes coulaient sur ses joues.

— Si tu guéris vite, on pourra aller pêcher avant les glaces… Tout seul, j'arrive pas bien à repérer les truites. On est amis pour de vrai. Moi je t'ai soignée et toi tu m'as sauvé du Boche. On a échangé nos vies.

L'eau se mit à bruire dans la marmite ; il la retira du feu et trempa un bout de drap propre. Doucement, il humecta le museau, les babines. Depuis la veille, Belle n'avait même plus la force de battre de la queue pour montrer sa gratitude.

— T'es brûlante. Tu as trop chaud ? Si j'éteins le feu, tu crois que tu vas guérir ? Vaut peut-être mieux pas. César, c'est peut-être un traître mais il a fait la Grande Guerre et il est même pas mort. Alors toi non plus.

Il dut tirer pour décoller le pansement. Une odeur pestilentielle lui sauta aux narines. Les bords de la plaie étaient boursouflés. Horrifié, Sébastien prit conscience qu'il n'avait plus le choix. S'il ne faisait rien, Belle mourrait. Il avait trop tardé, persuadé de pouvoir se débrouiller seul. Tout ça parce qu'il avait peur. Peur de César, peur qu'on trouve sa cachette. Soudain, une idée le traversa, comme une évidence, et il se demanda pourquoi il n'y avait pas pensé plus tôt.

Il bondit sur ses pieds et sortit en trombe.

*Sébastien avait oublié César, la guerre et même sa mère.
Seule comptait la rencontre avec Belle et ce qui était en train de se tisser entre eux, pas après pas.*

Sébastien vit avec son grand-père dans un petit village au cœur des Alpes.

Un jour, alors qu'ils sont partis chasser ensemble,
ils recueillent un chevreau perdu dans la montagne.

Sébastien a croisé le chemin de « la Bête »... qui n'a en fait rien de sauvage et dangereux. Tous deux s'apprivoisent aussitôt et savourent un moment de calme, à l'abri des chasseurs.

*On aurait dit un prodige, l'apparition d'un magnifique patou blanc comme neige, abandonnant dans le ruisseau sa dépouille de bête sauvage !*

Sébastien enmène la Bête, qu'il a baptisée Belle, dans un refuge sur une colline aride.

*— Tu vois, à nous deux on est les meilleurs pêcheurs de toute la vallée !*

Une battue a été organisée pour retrouver « la Bête ». Belle a été blessée mais a réussi à s'échapper. Pour la soigner, Sébastien demande en secret l'aide du médecin du village.

Au refuge, Belle et Sébastien profitent de doux moments de tendresse.

Sébastien découvre les secrets du village. Le docteur Guillaume est un passeur : il conduit certaines personnes à traverser la montagne pour échapper aux occupants allemands.

Guidés par Belle, Sébastien et Angelina aident Esther et ses parents à franchir la frontière pour mener une nouvelle vie.

Entre Belle et Sébastien, une amitié indestructible est née.

Les deux Sébastien : à gauche Mehdi El Glaoui, qui incarna dans les années 1960 le petit garçon de la première série télévisée, réalisée par Cécile Aubry, et qui joue aujourd'hui le rôle d'André, et à droite Félix Bossuet, le Sébastien du film de Nicolas Vanier.

# Chapitre 5

— Qu'est-ce que tu fiches là ? Pourquoi tu retournes pas dans ta grotte ?

Plongé dans ses réflexions, Sébastien n'avait rien vu venir. Le fils Coignard grimaçait, méprisant. C'était lui le chef. Il était flanqué de Gaspard Chapuis, le fils du boucher, l'éternel second. Derrière, les jumeaux Tissot rigolaient.

— Alors ? Y sait pas causer, le pouilleux ?

— Laissez-moi passer.

— Ça sent le bouc par ici, vous trouvez pas, les gars ? interrogea Coignard. Ou plutôt la bouse de vache !

Aussitôt les jumeaux s'esclaffèrent. Gaspard s'empressa de renchérir.

— T'es tombé dedans ? Ou t'as mangé des crottes de moutons ?

— Au moins moi je sens pas l'andouille !

Un silence stupéfait accueillit la réponse. D'habitude le pouilleux s'écrasait.

— Tu peux répéter ?

— Tu as très bien entendu. Sauf si t'es sourd comme un pot ou con comme une chèvre.

La stupéfaction qui figeait la bande se mua en rage et ils avancèrent de front, poings serrés. Sébastien ferma les yeux. Qu'ils cognent, il s'en fichait, il ne voulait pas fuir.

La voix de Guillaume le sauva de justesse :

— Vous voulez que je vous aide ?

Coignard siffla assez bas pour n'être entendu que de Sébastien :

— On se retrouvera, bouse de vache.

La bande détala. Guillaume réfléchissait. Ce qu'il avait surpris n'avait rien d'une plaisanterie de gosses.

— Tu as des problèmes avec eux ?

— Non. C'est toi que je voulais voir. Pour une consultation. Sauf que j'ai pas d'argent. C'est embêtant ?

— Je ne crois pas. Tu viens au cabinet ?

— Je veux juste que tu répondes à une question. Si un malade a de la fièvre, on fait comment pour le soigner ?

— Ça dépend de la maladie. Et puis souvent la fièvre c'est bon signe, ça veut dire que le corps a vu la maladie venir et qu'il lutte contre elle.

— Mais si c'est une fièvre comme… comme si tu brûlais ?

— Parfois, c'est une infection.

— Et alors on fait quoi ?

— Une piqûre d'antibiotiques. Mais pourquoi tu me demandes ça, Sébastien ?

— Pour rien. Et après ?

— Tu désinfectes et tu sutures si c'est profond.

— César, y soigne ses bêtes avec du génépi.

— Pour soigner une blessure infectée, il vaut mieux des antibiotiques qu'un coup de gnôle !

— Et si on en a pas ?

— On peut en mourir.

Sébastien marqua le coup.

— Y me faut une piqûre.

Guillaume comprit alors que l'enfant cachait un secret trop lourd pour lui. Il envisagea la possibilité qu'il soit tombé sur un clandestin. Mais c'était impossible. La grotte était vide en ce moment ! On l'aurait prévenu en cas de nouveau passage ! Il insista :

— Qui est malade, Sébastien ?

— Je peux pas te dire ! Tu vas la tuer sinon !

— Je ne vais tuer personne. On ne tue pas les gens parce qu'ils sont malades ! On les soigne !

— C'est pas un « gens ». C'est Belle… Ils l'ont presque tuée mais elle est pas méchante.

— Tu parles… tu parles de la Bête ? Mais enfin, Sébastien, c'est un animal sauvage, personne ne sait comment elle va réagir surtout si elle est blessée ! Tu ne l'as pas approchée au moins ?

— C'est mon amie ! Et toi t'es un menteur ! Tu dis toujours que tu soignes tout le monde, même un Boche, et Belle tu veux pas !

— Calme-toi, bonhomme. La première chose à faire c'est de prévenir ton papé. Où est-ce qu'elle se cache ?

Sébastien réalisa que le docteur ne l'écoutait plus. Il voulait juste tuer Belle, comme les autres.

— Si tu causes d'elle, je dirai à tout le monde que tu emmènes des gens dans la montagne, voilà !

— Sébastien !

Dans une autre situation, Guillaume aurait sans doute ri, mais là c'était trop grave. Si Sébastien balançait la moindre allusion, il était perdu et c'est toute la chaîne qui sauterait, ceux de Saint-Martin et les autres, et qui sait combien par le biais des dénonciations successives. Le réseau avait beau être cloisonné, les dégâts seraient terribles.

— Écoute bien, petit. Tu vas m'emmener là où se trouve l'animal et… on décidera quoi faire.

— Tu vas soigner Belle ?

— Ne t'imagine pas que je cède à tes menaces. On pare au plus pressé et ensuite on aura une conversation tous les deux. D'accord ?

— D'accord.

— Je file prendre ma trousse d'urgence. Tu m'attends ici.

Sébastien hocha la tête. Il aurait voulu demander pardon. Sauf que Guillaume l'avait dit lui-même : on verrait ça plus tard, entre hommes.

Il sourit, rasséréné.

***

Par la fenêtre du refuge, on devinait la lueur d'un feu. Le docteur poussa la porte : l'énorme bête gisait au milieu de la pièce. Sébastien était tombé à genoux près d'elle, sans se soucier du danger.

— N'aie pas peur, Belle, c'est le docteur Guillaume, il va t'aider. Tu as peut-être une infectation mais on va te soigner. Il faut juste te faire une piqûre, c'est pas drôle, mais tu es courageuse, pas vrai, ma Belle ?

L'animal se mit à lécher la main de l'enfant. Sébastien dévisagea Guillaume, quêtant un encouragement.

— Tu vas la soigner ?

— Laisse-moi voir.

Il s'accroupit. La fièvre dévorait l'animal. Son poil était assez propre, sans doute grâce aux soins du petit. Il remarqua un tas de bandelettes pliées à côté d'un flacon de génépi. Par quel miracle Sébastien avait-il pu saisir l'importance d'une hygiène méthodique ? Il tenta de décoller le pansement ; la chienne grogna en montrant les crocs. Même affaiblie, elle était encore capable de mordre.

— Elle supporte pas qu'on la touche parce qu'on lui a fait du mal ! Y a que moi qui peux…

— Alors tu vas devoir soulever le pansement pour que j'examine sa blessure.

Sans hésitation, l'enfant dénoua la bandelette.

— Alors ?

— Ma foi, ça aurait pu être pire. La balle est ressortie, à première vue. Le vrai problème serait plutôt cette « infectation », comme tu dis. Ça pue trop.

Guillaume s'affairait déjà. Désinfectant, bandages, pansement, ciseaux, antiseptique, seringue et une ampoule d'antibiotique.

— Elle voudra jamais que tu la piques !

— C'est pour ça que tu vas t'en charger. Il n'est pas question qu'elle me morde. Je dois rester en forme pour promener des gens dans la montagne. C'est bien ce que tu as vu, non ?

Sébastien acquiesça, gêné.

— Eux aussi sont en danger de mort et ils ont besoin que je m'occupe d'eux.

Il présenta la seringue à l'enfant qui déglutit et interrogea :

— Comment je fais ?

— Tu la piques dans la cuisse, là où c'est bien charnu. Tu enfonces l'aiguille franchement, bien droit, dans le muscle.

Sébastien tâta la cuisse de Belle. La peau semblait aussi dure que du cuir tanné. Il murmura :

— C'est un médicament, ça fait pas mal… bon. C'est Guillaume qui a préparé la piqûre. Tu veux pas qu'il essaie, non ? T'as raison. C'est rien du tout. Là, je te montre avant où je vais le faire. Là, je pique.

La chienne lança un jappement plaintif. Tout en appuyant sur le piston, Sébastien continuait à parler, avec douceur :

— C'est presque fini. Tiens bon, voilà, fini ! Tu vois ! On a réussi. Tu vas guérir maintenant.

Guillaume ramassa la seringue et désinfecta l'aiguille.

— Maintenant tu vas faire le pansement. Tu te serviras du désinfectant pour nettoyer. Ensuite, tu mettras un peu de pommade sur la compresse et tu l'appliqueras sur la plaie. J'aurais bien raclé davantage mais ton chien a déjà été assez charcuté comme ça.

— C'est pas un mâle, c'est Belle !

Guillaume regarda Sébastien nettoyer la plaie. Il hocha la tête, impressionné par son habileté.

— Tu devras veiller à garder les pansements propres et secs. Je reviendrai car il faudra peut-être la repiquer. Maintenant, le principal, c'est de la nourrir et surtout de la faire boire beaucoup.

— Mais si elle veut pas ?

— Elle voudra en guérissant. Le plus important pour l'instant, c'est qu'elle boive.

— Du lait, ça va ?

— Tu lui en as donné ? C'est très malin ! Oui, du lait.

Sébastien questionna, avec un soupçon d'inquiétude :

— Tu parleras pas de Belle ?

— Non.

— Moi non plus, je dirai rien.

— J'y compte bien, bonhomme. Si jamais tu parlais de ce que tu as vu là-haut, des gens pourraient mourir, tu comprends ?

— Je crois, oui. Je dirai rien. Parole !

Guillaume lui présenta sa paume ouverte.

— Parole, bonhomme.

# Chapitre 6

Devant la bergerie, Étienne s'impatientait. Il consulta l'état du ciel et finit par crier :

— Ohé, l'ancêtre, tu veux un coup de main ?

César apparut, chancelant sous le poids d'une grosse caisse en bois.

— Donne-moi ça !

Étienne le déchargea de son fardeau. D'un coup d'épaule, il le déposa sur le lit de paille et le cala à l'aide des rondins. César contemplait la scène, les bras ballants. Loin du soulagement espéré, il se sentait dépossédé d'une part de lui-même. Chapuis demanda :

— Tu vas pas le regretter, ton alambic ? Tiens, voilà. Cinq paquets neufs de cartouches pour fusil Lebel. Tu as le compte. Y a tout de même quelque chose qui m'intrigue… La battue, tu l'as faite avec nous, pas vrai ? Et ton fusil tu l'as rendu comme les autres ? Tu en as gardé combien, des armes ?

— Ça, c'est mon problème.

— Ce que je dis, c'est histoire de causer. Avec le gibier qu'est tranquille depuis un mois tu devrais vite rentrer dans tes frais. Tu pourras même acheter mon génépi ! Bon, j'y vais avant de tomber sur du monde. Salut !

César rejoignit le troupeau qui s'était regroupé sur le flanc sud de l'alpage. En grattant la couche de neige, les bêtes arrachaient les derniers brins d'herbe. Le berger frissonna au contact d'un mufle humide et chaud qui venait de se nicher dans sa paume. Veinard réclamait une caresse.

— Toi, au moins, tu es toujours là.

Le cabri avait pris du muscle. Pourtant, il aurait fort à faire pour rester en vie une fois rendu à l'état sauvage.

Le vieux se rappela la joie de Sébastien lors du sauvetage de la bestiole. C'est ce jour-là que tout avait commencé. Ce soir, il serait déçu d'apprendre le départ du chamois. Tant pis. Tant mieux. La nouvelle lui tirerait peut-être une réaction. Depuis le temps que le gosse ne lui accordait plus un regard, César avait le sentiment d'être pire qu'un chien errant. À force, il avait parlé à Étienne et décidé de leur troc. Il manquait de munitions et, de toute façon, il était trop tard pour changer d'avis.

Il chuchota :

— Allez, c'est le moment, Veinard. On rentre à la maison.

## Chapitre 6

Si Sébastien s'était trouvé là, César aurait expliqué la nécessité de rendre le chamois aux siens. Le berger aimait parler à l'enfant. Dans la parole transmise, quelque chose s'établissait, une trace vivante. Et voilà qu'il avait tout gâché…

Ils allèrent ainsi un long moment. Le cabri gambadait et, par instants, s'arrêtait et tournait la tête vers le berger, comme pour l'inciter à marcher plus vite. César réalisa qu'il allait se sentir encore plus solitaire sans lui.

Par chance, ils rencontrèrent les premiers chamois pas très loin des alpages. Le groupe comptait douze bêtes, dodues, le poil luisant. Un des mâles alerta les autres d'un chevrotement aigu.

César sortit sa pierre de sel et en frotta le poil du chevreau. Il espérait atténuer ainsi l'odeur d'homme et susciter l'intérêt de la harde sauvage qui, en léchant le sel, accepterait plus volontiers la présence du nouveau venu. Quand il fut satisfait, il poussa l'animal en direction des autres.

— Va rejoindre les tiens. Va, petit…

Le vent souffla une rafale glacée et le cabri, désorienté, lança un bêlement pitoyable. Une femelle s'enhardit et s'approcha jusqu'à pouvoir le renifler, d'abord avec prudence puis avec gourmandise. César étouffa un gloussement. Son plan avait fonctionné à merveille ! Les chamois entouraient Veinard, léchant le poil frotté de sel. Bientôt, ils disparurent dans le ravin.

En redescendant, César se sentit gagné par la tristesse. Trois semaines avaient passé depuis la battue. Certains soirs, il devait se retenir de ne pas secouer le gamin jusqu'à lui faire cracher ses dernières aigreurs. Comment lui faire comprendre que ce n'était pas une trahison, juste un mensonge pour le protéger ?

***

La plaie de Belle commençait à cicatriser. Par prudence, Sébastien avait bouché le tunnel. La chienne ne semblait pas souffrir de son enfermement ; elle attendait l'enfant et l'accueillait toujours avec des marques de joie.

Il lui offrait du lait, du fromage ou plus rarement un bout de lard. Un matin, il rapporta une truite qu'il avait attrapée en passant par le torrent. Une autre fois, il réussit à subtiliser deux œufs dans le garde-manger, mais Lina en fit toute une histoire.

Chaque jour, il s'arrangeait pour passer quelques heures au refuge. Sa brouille avec César rendait les choses plus faciles. Sauf que sa colère devenait difficile à entretenir. Il commençait à éprouver du remords. Son grand-père ne riait plus jamais. Le pire, c'était quand le vieux s'efforçait de regagner ses faveurs. Il n'osait plus le commander. L'autre jour, il avait parlé d'aller voir le sapin de Noël pour le choisir bien beau ; l'enfant avait fait mine de ne pas entendre. Après lui avoir donné raison, Lina commençait à lui faire les gros yeux. Et lui ne pouvait rien lui expliquer sans trahir la promesse de Guillaume : il fallait aussi protéger Belle. Si César s'approchait de trop près, il devinerait tout. Et s'il voulait tuer la chienne, lui ne la raterait pas !

# QUATRIÈME PARTIE

# Chapitre 1

— Vous pouvez m'expliquer comment ces types passent à travers les mailles du filet ? demanda Braun.

Les deux soldats restaient bouche bée.

— Vous ne comprenez toujours pas ? Vous êtes censés surveiller ce défilé, visiter les fermes et interroger les gens du coin mais je me demande ce que vous fabriquez !

— On a fait des rondes, de jour et de nuit, comme vous avez dit ! plaida Erich.

— C'est réussi ! Vos rondes, je m'en fous, ce que je veux c'est coincer ces clandestins et qu'on les fusille sur-le-champ si on ne peut pas les arrêter !

Le lieutenant, accroupi, semblait plongé dans un rêve. Puis il se redressa et revint vers eux : grâce à Dieu, il avait l'air de meilleure humeur.

— On repart à Saint-Martin. J'ai bien envie de revoir monsieur le maire… amicalement. Après tout, on n'attrape pas les mouches avec du vinaigre.

# Chapitre 2

Guillaume monta trois fois au refuge avant de décréter Belle tirée d'affaire. La dernière fois, il apporta quelques os que la chienne consentit à recevoir de ses mains. Elle se laissa même palper le flanc sans broncher. Elle ne cherchait plus à s'échapper dans la montagne. Pourtant Sébastien avait rouvert le tunnel et l'avait obligée à l'y suivre pour qu'elle sache par où s'échapper en cas de danger. Elle semblait goûter cette existence tranquille, presque douillette.

En arrivant le matin, Sébastien inspectait la cicatrice, puis il lui offrait la nourriture qu'il avait réussi à glaner. Il était difficile d'échapper à la vigilance de Lina. César aussi l'épiait depuis quelques jours. Au lieu de somnoler dans son fauteuil, il restait à table, discutant avec Lina et parfois posant des questions, mine de rien. Sébastien serrait les dents pour s'obliger au silence.

Évidemment, papé se doutait bien qu'il passait son temps libre au refuge. Mais il n'en parlait pas parce qu'il avait honte.

Du coup, Sébastien était tranquille. Mais il devait s'obliger à ravaler ses propres questions, à se rappeler que César l'avait trahi. À mesure que Noël approchait, ce silence lui pesait davantage.

Un matin, il bondit de son lit et se précipita vers la lucarne pour consulter le ciel. La veille, il avait décidé que ce serait aujourd'hui le grand jour. Ils iraient sur les pentes de la montagne, à l'écart des hommes, comme à leur première vraie rencontre !

Sébastien s'habilla et dévala l'escalier. Lina était en train de débarrasser les bols. Le sien trônait à côté d'une grosse tranche de pain recouverte d'une pellicule de confiture.

— J'ai faim ! Je peux en avoir une autre ?

— Si tu veux. Je te laisse faire. Il faut que je descende à la préfecture. Ils se moquent du monde ! Quand on sera bloqués par la neige, ils viendront les tamponner, mes registres ?

— T'as qu'à pas leur obéir.

Angelina eut un petit rire.

— Tiens, je n'y avais pas songé ! Mais tant qu'à désobéir, autant que ça soit pour autre chose. Une chose qui en vaudrait vraiment la peine…

— Comme quoi ?

— Comme rien. Et toi ? Pourquoi tu n'irais pas donner un coup de main à papé ?

— Non.

— Tu es aussi buté qu'un mulet.

Elle lui caressa la tête, puis alla enfiler son manteau, ses mitaines, saisit son sac et une besace qu'elle vérifia deux fois. Enfin elle se décida.

— J'y vais. Sois sage. Et ne rentre pas trop tard, il y aura une surprise.

— C'est une surprise à manger ou bien une surprise à jouer ?

— C'est une surprise pour les yeux et le nez !

Elle éclata de rire cette fois et ajouta, ravie :

— Mais pas pour la bouche ni les oreilles. Je file !

Lina exagérait avec ses devinettes ! Sébastien rafla le pain, ajouta du fromage, le casse-croûte que sa sœur préparait toujours à l'avance. Il puisa du lait de la veille et remplit une flasque oubliée par César. Il en restait à peine un quart de seau. Les brebis ne donnaient presque plus, en hiver. Mais Belle était guérie. Il ajouta une tasse d'eau dans le seau. De cette façon, personne ne verrait la différence.

***

## Chapitre 2

Sébastien revint au chalet au crépuscule, après avoir couru tout le chemin du retour. L'enfant ne craignait pas l'obscurité mais préférait éviter la colère de Lina. Pas après une journée pareille !

Belle et lui étaient montés jusqu'au chemin des crêtes avant de redescendre du côté de la ferme des Dorchet. Le coin était tranquille. Ils avaient couru et joué dans la neige, mangé du pain à la confiture et au fromage. Ensuite ils avaient cherché des truites, sans succès. Sébastien avait trouvé une piste parfaite pour glisser sur le sac à dos vide, poursuivi par Belle qui aboyait, et il avait hurlé de plaisir, tant et tant qu'ils avaient pris peur d'un coup en entendant le glapissement d'un aigle. Enfin, ils étaient rentrés épuisés et transis au refuge. L'enfant avait allumé un feu et s'était endormi contre Belle, heureux. Il s'était réveillé juste à temps pour rentrer.

À travers la vitre, la lumière des flammes rougeoyait et Sébastien repensa à ce que sa sœur lui avait promis le matin même. Une surprise ! Il ouvrit la porte à la volée. L'odeur le cueillit en premier, âcre et sucrée.

— Un sapin ! C'est un sapin !

L'arbre se dressait au milieu de la pièce. À son pied, le coffre des décorations. Sur la table, il y avait des pommes rouges dont la queue se prolongeait d'une boucle en laine. Les pommes de Noël, celles qu'on gardait dans le cellier en attendant décembre.

— Je peux accrocher les guirlandes et les boules et puis aussi les anges ? implora-t-il.

— Bien sûr !

Sans même déboutonner sa veste, l'enfant traîna le tabouret près de l'arbre et grimpa dessus.

— Il faut en mettre partout ! Et l'étoile en dernier. Dis, Lina, comment elle va savoir, ma mère ?

— Savoir quoi ?

— Quel cadeau je veux ?

Il sentit un courant d'air glacé lui chatouiller la joue et comprit aussitôt que César venait de rentrer.

— Demande à papé…

— Demander quoi ? interrogea le vieux d'une voix altérée.

— Rien.

Le berger se laissa tomber dans le fauteuil avec un gros soupir. Sébastien réalisa à cet instant qu'il ne l'avait pas vu ivre depuis longtemps. Ostensiblement, il se tourna vers sa sœur.

— Lina, comment Elle va savoir que je veux une montre, ma mère ?

César reprit la parole, mine de rien :

— Tu sais, une montre, c'est moins important qu'une pensée. L'essentiel c'est qu'Elle pense à toi de l'endroit où Elle est. Tu comprends ?

Si Sébastien avait pu parler sans trahir sa promesse, il aurait répliqué que, puisque sa mère devait venir à Noël, Elle n'aurait pas besoin de penser à lui. Sauf si Elle ne venait pas. Ce serait comme une promesse rompue. Encore une autre… Mais cette fois papé n'avait pas cherché à éviter le sujet, et ça c'était bon signe ! L'enfant sauta du tabouret pour contempler son œuvre qu'il fixa quelques secondes, les yeux écarquillés. Le sapin était surchargé d'un côté, on aurait dit un vieux général au plastron couvert de médailles.

— Il faut tout recommencer ! Pourquoi tu m'as pas prévenu, Lina ?

— Parce que la soupe est servie ! On finira après !

Le dîner fut joyeux ce soir-là. Après la course avec Belle, le sapin, la promesse de César, Sébastien aurait voulu que ça dure toujours. Ou bien recommencer à vivre chaque heure de cette journée parfaite. Sa mère viendrait. Peut-être à minuit, juste pour la naissance de l'Enfant Jésus ou bien le matin de Noël…

# Chapitre 3

Le docteur progressait doucement pour ne pas essouffler les clandestins. Cette fois encore, il y avait un enfant. Il n'aimait pas ça. Cela confirmait son pressentiment. Personne, et surtout pas un père ou une mère, n'aurait risqué la traversée du Grand Défilé en plein hiver avec un gosse, sauf pour fuir un danger terrible.

Il les avait récupérés à quelques kilomètres de Saint-Martin, planqués dans une grange. Guillaume était l'avant-dernier maillon avant la liberté, mais cela les fuyards l'ignoraient. Lui-même ne savait rien sur eux, hormis qu'ils arrivaient de Paris. En revanche, il connaissait le type qui les avait cachés dans la grange. S'il était pris, l'autre avait pour consigne de fuir dans la montagne.

Ils avançaient en file indienne, Guillaume ouvrant la marche au père qui tenait la petite par la main. La mère venait en dernier. La pluie qui tombait sans discontinuer avait l'avantage de les rendre presque invisibles.

À l'approche du gouffre, il leva la main.

— Faites attention à ne pas glisser. Après ce défilé on arrive à la combe et ce ne sera plus très loin.

La femme approuva d'un grand coup de tête décidé. Elle avait peur, cela se voyait. Guillaume remarqua que la gamine ne montrait aucun signe de frayeur. Sous son manteau détrempé, elle tremblait de froid.

La grotte apparut alors qu'ils avaient perdu tout espoir d'arriver à destination. La petite lâcha la main de son père et se glissa contre Guillaume. Depuis le début de cet étrange voyage, elle s'efforçait de rester sage. Pour ne pas se laisser avaler par cette grande peur qui faisait à sa mère des yeux immenses, elle se laissait mener sans jamais protester ni se plaindre. Contre la peur elle ne possédait que sa confiance aveugle.

Guillaume alluma sa torche. Le faisceau lumineux éclaira un amas de couvertures, puis un foyer de pierres, un tas de bois et de branchages, un seau et deux rouleaux de cordes. Le père, sous le coup du soulagement, s'exclama d'une voix forte :

— C'est aménagé !

— Aménagé, c'est beaucoup dire. On a de quoi passer deux ou trois nuits et assez de bois de chauffe. J'en ai d'ailleurs apporté.

Disant cela, il se soulagea de son sac à dos et en tira trois bûches énormes.

— Il faut vous réchauffer. Il y a quelques provisions aussi. Vous devez être affamés.

Guillaume prépara le feu. Les brindilles s'enflammèrent, léchant le tas de bûchettes dressées en cône, qui s'embrasèrent aussitôt. La fillette accroupie à ses côtés regardait les flammes avec un émerveillement qui lui creva le cœur. L'homme avait installé sa femme sous un tas de couvertures et fouillait ses poches. Il en tira un portefeuille.

— On m'a dit que c'était trois mille.

— Trois mille ?

— Pour le passage.

— On vous a mal renseignés. Gardez votre argent, vous en aurez besoin derrière la frontière.

— Merci.

— Laissez. Vous me remercierez en Suisse.

— On repart quand ? Demain ?

— Non, sans doute pas. Dès que la voie sera libre.

— Comment ça se passe ? Excusez-moi, mais depuis Paris on est ballottés d'une personne à l'autre…

— Je préfère ne rien savoir. Moins on en sait, moins on risque de parler.

# Chapitre 3

Avant que l'homme ait pu répliquer, un bruit les alerta. Des pierres roulaient sur la pente. Quelqu'un arrivait ! Guillaume fit signe aux fugitifs de reculer dans l'ombre. Il fouilla son sac, sortit une arme de poing puis se faufila dehors.

Une haute silhouette, en contrebas, attendait.

— Bonsoir, docteur.

Guillaume glissa son arme dans son ceinturon, avança jusqu'à l'Allemand et lui serra la main.

— Tout va bien ? chuchota-t-il.

— Oui. Vous avez mis du temps !

— Quand repartons-nous ?

— Après-demain à l'aube, il n'y a pas de rondes prévues. Mes hommes resteront bien au chaud, à cuver le schnaps envoyé par le Führer pour Noël.

— Après-demain. Parfait.

Il aurait voulu faire comprendre au lieutenant que sa méfiance était tombée. Faute de mieux, il se contenta d'une évidence.

— Ça devient tendu.

— Assez, oui… Pourtant mes hommes sont persuadés que je pourchasse les juifs jusque dans mes cauchemars !

— Vous prenez de plus en plus de risques.

— Jamais assez !

Quelque chose dans le ton incitait au silence. Favre s'apprêtait à rentrer dans la grotte quand Braun reprit la parole :

— C'est vraiment magnifique ici.

— Et encore vous n'avez pas vu en été, les pentes couvertes de fleurs, le grand lac qui brille au loin. J'aime ce pays !

— Je vous comprends.

— Quand la guerre sera finie, c'est ici que je voudrais épouser Angelina, dans la chapelle d'alpage du Haut-Graillon.

L'autre se contenta de fixer l'horizon. Étant donné les circonstances, la jalousie de Guillaume semblait dérisoire. Pourtant le soupçon continuait à le ravager. Braun n'était pas indifférent à la jeune femme, il l'aurait juré. Il ignorait si Lina savait, ou si elle y était sensible, mais quelque chose l'incitait à penser que oui.

Un hurlement monta dans la nuit. Braun murmura, presque respectueusement :

— Un loup… Je n'en avais jamais entendu…

— Je retourne les rassurer. Vous m'attendez ?

— Faites vite. La nuit va tomber.

Le père se tenait devant le feu, ostensiblement. Sans doute espérait-il, en cas d'irruption, qu'on le prendrait en oubliant de fouiller les recoins de la grotte.

— Tout va bien, dit Guillaume. Des chamois. Je dois partir. Nous passerons dans deux jours, très tôt le matin. Le 25.

— C'est sûr ?

— Aussi sûr que possible en montagne. Je repasse demain pour vous donner les dernières instructions.

— Et si… s'il arrive quelque chose ? Un accident… Si on veut vous prévenir ?

Guillaume usa, volontairement, d'un ton sévère :

— Le mieux que vous puissiez faire, c'est de vous reposer. Dans deux jours vous serez en Suisse, à l'abri. Le reste, je m'en charge. Vous comprenez ?

L'homme inclina la tête, vaincu. À cet instant, le docteur Favre sut pourquoi il s'était engagé dans la Résistance. Pour ne jamais subir cette humiliation, pire que le manque d'espoir. Cette résignation qui fait accepter le pire.

Feignant l'impatience, il se détourna : les larmes l'aveuglaient.

***

L'ombre gagnait le ciel, Guillaume dut rallumer sa torche. Braun suivait. Fameux spectacle : le Boche et le passeur marchant sur une sente de chèvres comme deux camarades !

Arrivés au col, ils firent une pause. La bergerie de César se trouvait à quelques centaines de mètres et Saint-Martin n'était guère qu'à une heure de marche. Peter, en revanche, devait monter à travers la forêt pour rejoindre la route où sa traction était garée à l'orée d'un chemin de traverse.

— Dites-moi, lieutenant Braun…

— Je préfère *Peter* quand je suis en mission clandestine, docteur.

— Alors appelez-moi Guillaume… En mission ? Vous le voyez comme ça ?

— Oui. C'est une autre forme de guerre. Celle des hommes de bonne volonté.

Guillaume comprenait. Sans le conflit, ils auraient été amis.

Le lieutenant s'était présenté un soir de novembre. Par chance, Célestine venait de partir. Braun avait simplement posé une feuille sur le bureau. Guillaume avait reconnu le premier des noms, celui de son chef de cellule. C'est l'Allemand qui avait rompu le silence, pour parler de résistance. Pas celle des Français. La sienne. Celle d'un lieutenant de la Wehrmacht, dégoûté par les horreurs perpétrées par sa propre armée.

Braun avait reconstitué l'organigramme du réseau chargé de faire passer la frontière suisse aux juifs, aux communistes et aux autres. Son enquête était d'autant plus audacieuse qu'elle devait rester secrète aux yeux de sa hiérarchie. Pour les soldats sous ses ordres, c'était moins compliqué : il avait choisi les deux plus balourds de la section.

Voilà ce que le lieutenant Peter Braun avait expliqué ce soir-là. Il avait livré le fruit de son enquête au docteur sans rien demander en retour. Mieux encore, il avait proposé de fournir des renseignements.

Guillaume avait commencé par douter. Le Boche aurait pu lui tendre un piège. Il l'avait testé à trois reprises avec de faux passages mais chaque fois la montagne était vide. Il fallait se rendre à l'évidence, Braun était sincère.

— Pour le prochain contact, on garde le même signal ?

— Un volet fermé, l'autre ouvert, chaque lundi. Oui. Et en cas d'urgence ?

— Au pire, vous demanderez à me voir pour un *Ausweis*. Vous êtes médecin, le prétexte est tout à fait recevable. Ou même des bons d'essence. Ce sera encore plus crédible.

— Bien.

Un autre hurlement les fit sursauter. Cette fois, c'était tout proche. Guillaume pesta.

— Mais ils attaquent ! Mon chien, le troupeau de César ! Je dois y aller !

— Je vous accompagne !

— Surtout pas ! Si jamais quelqu'un vient aider, on est grillés.

— Prenez garde à vous !

Guillaume courait déjà droit dans la nuit, sa torche bondissant au milieu des ténèbres.

***

Au premier hurlement, elle avait tressailli. Poussée par son instinct, Belle s'était glissée dans le boyau de terre. La neige, en couvrant les aspérités du terrain, facilitait sa course. Elle dévala la pente et plongea dans la forêt. L'enfant l'avait déjà menée ici.

Quand elle déboula sur la combe, les loups se tenaient déployés en demi-cercle, face à l'enclos à moitié couvert. Seule une barrière en bois les séparait des moutons qui s'agitaient et bêlaient de terreur. Quand un mouvement plus violent déportait le troupeau contre les planches, celles-ci craquaient ; les loups semblaient guetter le moment où le frêle rempart céderait.

La chienne fonça au milieu du groupe, dépassa le mâle dominant et pila en dérapant, de façon à se mettre entre la horde et le troupeau. Les babines retroussées, l'échine hérissée et les grondements qui s'échappaient de sa gorge ne laissaient aucun doute sur ses intentions. Ce serait un combat à mort !

Les hurlements n'en finissaient plus. En arrivant à l'alpage, Guillaume ne comprit pas pourquoi les loups n'avaient pas encore attaqué. Puis il vit le monstre blanc et mit quelques instants à reconnaître la chienne de Sébastien.

Belle se dressait face à six loups noirs. Les prédateurs demeuraient à distance prudente.

Elle dut flairer l'arrivée de l'homme, car elle s'enhardit et marcha sur les deux loups de tête, qui reculèrent. Une fois à bonne distance, la horde opéra un nouveau mouvement d'encerclement, tandis que la louve et deux jeunes tentaient de passer la barrière de planches. Fasciné, épouvanté, Guillaume cherchait à comprendre comment un chien patou parvenait à tenir en respect une horde de loups sauvages. Dans la nature, la menace suffit parfois… Belle ne cédait pas un pouce de terrain. Elle fonça vers la louve et la fit détaler. Les moutons se jetaient aveuglément contre la barrière. Guillaume se précipita en hurlant pour faire reculer les bêtes. Le troupeau se massa au fond de l'enclos ; il en profita pour sauter par-dessus la barrière. Avant toute chose, il devait les calmer ! Si les moutons s'échappaient, les loups n'auraient qu'à se servir. Un bélier, paniqué, le fit rouler à terre. Son pied se ficha dans un trou entre le sol et une planche. La douleur lui arracha un hurlement. Il eut le temps de voir la chienne se jeter sur le loup dominant. Elle attaquait, aiguillonnée par son cri de détresse. Comme par miracle, le troupeau se calma.

Les loups détalaient vers la forêt. Belle se retourna vers Guillaume. Le grondement mourut. Favre n'osait l'approcher. Le vent le rappela à l'ordre. Il dut se hisser par-dessus la barrière à la force des bras. La sueur perlait à ses tempes. Il lui parla d'une voix douce :

— C'est moi, Belle, tu me reconnais ? Je suis blessé, tu n'as rien à craindre.

Quand il entreprit de boitiller le long de la barrière, puis contre le mur, Belle l'observa sans bouger.

Par chance, une luge était rangée près de la porte de la bergerie. C'était la seule chance de rejoindre Saint-Martin.

Dans sa course folle sa torche avait dû tomber, mais il renonça à la chercher. Le ciel se dégageait et la lune était presque pleine. Le plus sage aurait été de patienter jusqu'au matin, à l'abri. Mais les clandestins l'attendaient le lendemain. Comment les rejoindrait-il ?

***

## Chapitre 3

La traversée de l'alpage fut rude. Guillaume dut parfois se propulser à la force des bras. Mieux valait éviter de solliciter sa jambe intacte. S'il se cassait un tibia, c'était la mort assurée ! Cela faisait maintenant plus de huit heures qu'il était dehors. La douleur de sa cheville l'inquiétait. Il jeta un coup d'œil en arrière et vit que la chienne le suivait.

En tentant de franchir un talus, il faillit renoncer. L'énergie lui manquait. Des larmes brûlantes mouillèrent ses joues. Il n'allait pas mourir là ! C'est alors qu'il sentit une caresse humide. La chienne était à sa hauteur. Elle le flaira, puis alla fourrager à l'avant de la luge. La corde glissa entre les doigts du médecin. Belle tirait. Une traction suffit pour passer le talus. C'était la dernière pente. La luge s'envola et Guillaume ferma les yeux.

# Chapitre 4

César tournait en rond. Chaque jour, il luttait pour ne pas céder à la soif qui le tenaillait. Un petit verre de digestif. Rien qu'un. Non, il ne céderait pas à cette partie de lui-même qu'il détestait.

Agacé, il lorgna vers Angelina absorbée dans sa couture. Le petiot évita son regard et garda le nez plongé dans ses découpages de Noël.

Dehors, le vieux crut entendre un appel, sans doute un coup de vent.

Le gosse fut le plus rapide. Il ouvrit la porte au moment où surgissait le plus étrange attelage qu'on ait jamais vu ! D'un geste machinal, César s'empara de son fusil.

Le chien blanc lâcha la corde de la luge et l'homme couché dessus agita la main. Le berger reconnut le docteur et simultanément vit Sébastien à genoux devant la Bête, les bras autour de son cou. Il voulut lever son arme mais le mélange de peur et d'attente dans le regard du petit arrêta son geste.

Lina le bouscula.

— Guillaume, tu es blessé ?

— Rien de grave, c'est juste la balade... J'ai cru qu'on n'y arriverait jamais ! Si tu avais vu ce qu'elle a fait !

— Qui ?

— Belle, la chienne... Sans elle, je n'y serais jamais arrivé ! Elle me mène depuis la Graloire !

— Mais tu sors d'où ?

— De la bergerie. Ton troupeau a été attaqué.

César balbutia :

— Le troupeau ? Elle en a bouffé ?

— C'est pas la Bête, César, c'est les loups ! C'est elle qui a défendu ton troupeau, et faut voir comment !

Sébastien fixait César, dans l'attente du miracle. La figure burinée se fendit d'un sourire timide et le berger esquissa un geste, comme pour demander pardon. Alors l'enfant sourit à son tour.

Angelina n'avait rien perdu de cet échange muet, mais Guillaume passait avant l'émotion des retrouvailles et du pardon. Elle le soutint et l'entraîna vers la cuisine. Il chuchota :

— Il faut qu'on parle. Mais pas devant eux.

— Tu ne peux pas rentrer chez toi ce soir. Tu dormiras ici. Ça peut attendre demain matin, non ?

Son frère Sébastien n'entendait ni ne voyait autre chose que son amie. Belle était chez lui, au chalet ! Rassuré par sa présence, l'animal huma les lieux. Le confort de la pièce, les odeurs de soupe, tout était nouveau et inhabituel.

— Assis là.

L'enfant lui désigna un coin près de l'arbre brillant, pas trop loin du feu, pas trop près du berger. Il accompagna son ordre d'une caresse et ajouta à voix basse :

— Faudra encore que tu apprivoises mon papé, mais je crois que c'est bien parti !

***

Le jour venait de se lever quand Lina toqua à la porte. Guillaume avait posé son pied sur le tabouret : l'enflure de la cheville n'augurait rien de bon.

— Sébastien est réveillé ? demanda-t-il. Tu peux l'envoyer maintenant ? Il faudrait m'apporter une attelle. Célestine sait où les trouver.

Sébastien demanda la permission d'emmener Belle ; Angelina refusa. Si on l'apercevait au village, ça causerait un fameux désordre. Mieux valait d'abord que César explique les choses au maire et aux bergers.

Le vieux émergea de sa chambre au moment où l'enfant s'apprêtait à sortir. Belle restait attentive à tous ses mouvements. César tenait un morceau de bois dans la main, mais Sébastien n'y prêta pas attention.

— Je vais faire une course !

— Va, petit.

Dans la chambre du haut où elle venait de retourner, Angelina entendit la porte claquer. Elle se tourna vers Guillaume et réalisa que l'oppression qui séchait sa gorge venait du fait qu'ils étaient seuls dans une chambre. Il s'était rhabillé, mais sa chemise mal fermée laissait deviner le haut de son torse. Elle, sur sa longue chemise, ne portait que son gros gilet de laine.

— Il est parti.

— Je ne sais pas si je vais pouvoir marcher. Même avec une attelle. Bon sang ! C'est pas le moment. Enfin, je n'ai pas le choix.

— Guillaume… Tes jambes ne te porteront pas jusqu'au défilé.

— Il y a des gens qui m'attendent !

— Où est-ce qu'ils se cachent ?

— À la grotte des Chamois. En maintenant correctement ma cheville, ça devrait aller…

— Et c'est moi l'entêtée ! Le temps que tu retrouves la raison, je vais faire le café.

La jeune femme dégringola l'escalier. On verrait qui l'emporterait, d'un éclopé ou d'elle !

Contrairement à ses habitudes très matinales, le vieux était assis dans son fauteuil, en train de sculpter un morceau de bois. De temps à autre, il levait le regard et fixait Belle, couchée sous le sapin. Réprimant un sourire, Angelina souleva le clapet en fonte, déposa du petit bois, des bûchettes et gratta une allumette. Puis elle remplit la bouilloire et la posa sur la plaque.

— Je suis contente, tu sais, dit-elle. Ça ne pouvait plus durer cette fâcherie. J'espère que tu vas te décider à lui parler maintenant que tu as vu les dégâts du silence.

César maugréa, mais il était touché. Lina préleva une part de vrai café qu'elle gardait pour le matin de Noël. Le moulin, en tournant, fit crisser les grains. L'odeur du café monta à ses narines, emplissant sa bouche de salive.

## Chapitre 4

L'escalier craqua. Guillaume descendait à cloche-pied, en s'aidant de ses bras. Il feignait l'aisance et sautilla jusqu'au banc.

— Ça sent bon.

— Un avant-goût de Noël.

La porte s'ouvrit. Sébastien apparut, les joues rosies par le froid. Son premier sourire fut pour Belle. Témoin de cette joie, César réalisa combien l'enfant avait dû souffrir le jour de la battue.

Le vieux berger avait compris que le docteur avait dû jouer un rôle dans la guérison de la chienne. Cette nourriture qui filait trop vite, les œufs, le lait, le manège des dernières semaines s'éclairaient d'un jour nouveau. Tout ça parce que le petit soignait sa Belle. Drôle de nom pour un molosse pareil !

Célestine apparut à son tour, la mine catastrophée. Elle brandissait l'attelle comme une arme et à la vue de Guillaume son agitation monta encore.

— Vous voilà bien arrangé !

— C'est un bobo qui devrait se régler avec l'attelle.

— Alors je la pose !

— Célestine ! J'ai une foulure, je ne suis pas devenu manchot. Sers-toi plutôt un café ! Tu sens ce parfum ?

Elle finit par céder et s'attabla. Guillaume fixa son éclisse, puis clopina vers la porte. Trois solides bâtons patinés étaient appuyés contre la cloison. Les pommeaux, sculptés par César, représentaient un isard, une gueule de patou et celle d'un oiseau.

— César, je peux te prendre une canne ?

— Et comment donc…

— Je peux aussi emprunter Angelina, histoire de voir comment je marche ?

***

— Ça ne sert à rien, Guillaume. Si tu arrives au bout de la pente en un morceau ce sera déjà beau !

— Je n'ai pas le choix ! Les clandestins…

— Je vais les emmener. Je connais bien le chemin du Défilé.

— Tu ne l'as jamais fait en hiver !

— J'en suis capable, Guillaume.

— Je te dis que c'est trop dangereux ! S'il t'arrive quelque chose, Lina… je ne me le pardonnerai jamais !

— Tu ne me fais jamais confiance !

— C'est faux, et tu le sais très bien. Quand tu as voulu nous aider…

— Tu as commencé par t'y opposer !

— Ça fait longtemps ! Tu te charges de l'approvisionnement, tu passes des messages, tout ça c'est de la confiance !

— Alors pourquoi tu ne me dis pas qui te donne les horaires des rondes ?

Guillaume répliqua, obstiné :

— Moins tu en sais, mieux c'est.

— Très bien. Dans ce cas…

Elle s'éloigna d'un pas vif. La porte claqua. En rentrant, la première chose qu'il vit fut les chaussures de marche, en plein dans le passage. Les autres le dévisagèrent. Ils devaient croire à une dispute d'amoureux.

— Elle a l'air fâché ?

— Un peu.

Angelina apparut alors sur le seuil de sa chambre. Elle avait revêtu un pantalon et un pull épais. Sur ses cheveux, elle enfonça un bonnet et alla s'asseoir sur le banc pour lacer ses godillots. Sébastien l'observait, un bras posé sur Belle. La jeune femme passa devant Guillaume comme s'il était invisible et enfila une canadienne de César, doublée de laine de mouton. Guillaume fit une dernière tentative :

— Angelina, je t'interdis…

Aussitôt il sut qu'il avait commis une erreur.

— Tu m'interdis ? ! Toi, tu m'interdis ?

— Je ne voulais pas dire… Il y a des ordres à respecter et…

— Sauf que ce n'est pas toi qui décides de ce que je fais de MA vie !

La porte claqua une seconde fois.

# Chapitre 5

Jules Zeller avait peu dormi, pourtant il se sentait à l'abri dans cette grotte. Il aurait presque souhaité y passer quelques jours, le temps de perdre ses réflexes d'homme traqué. La peur était en train de le rendre fou.

Quand sa femme se leva, il avait ranimé le feu et préparé une bouillie composée de farine, d'un peu de neige et de quelques fruits secs. Louise lui sourit.

Quelqu'un toussa et, de saisissement, Jules renversa la moitié de sa bouillie sur le sol. Une femme venait d'apparaître sur le seuil de la grotte. Elle tendait les mains vers eux, dans un geste d'apaisement.

— Je m'appelle Angelina. Je vous ai apporté de quoi manger.

— Où est notre passeur ?

— Il a eu un problème et je le remplace. Est-ce qu'il a eu le temps de vous dire à quel moment il voulait partir ?

L'homme hésita. Devait-il faire confiance à cette jeune fille ? Mais avait-il le choix ?

— Demain, à l'aube.

Sa femme, qui l'avait rejoint, serra la main à Angelina. La fille lui plaisait, car son regard était droit et déterminé. Jules se sentit rassuré. D'un geste, il invita la nouvelle venue à se joindre à eux.

Esther s'approcha, scrutant l'entrée de la grotte. Lina s'accroupit à sa hauteur.

— Tu as quel âge, petite demoiselle ?

— Huit ans.

— Je connais quelqu'un qui a le même âge que toi.

Tout à coup, la petite eut un hoquet de surprise. Angelina tourna la tête et aperçut une touffe de cheveux.

— Sébastien, montre-toi !

C'est le museau de Belle qui apparut. Lina dut se mordre la langue pour ne pas éclater d'un rire nerveux. Tant que les moutons ne suivaient pas… Sébastien surgit derrière la chienne et lui adressa une grimace d'excuse.

— Tu rentres tout de suite au chalet !

— Lina, s'il te plaît !

— Tu es trop petit. C'est dangereux ici.

— Tu me dis toujours que je suis trop petit, mais la vérité c'est que tu me fais pas confiance ! César c'est pareil ! Et même Guillaume. Et quand je découvre vos secrets, alors là je suis assez grand pour fermer mon clapet !

Dans l'indignation de son frère elle reconnut la sienne.

— Sais-tu de quoi il s'agit ?

— Guillaume aide les gens à aller en montagne, par le Grand Défilé. Et il faut pas que les Allemands les chopent !

— Bon, tu restes juste pour la journée. Ce soir, tu retournes fêter Noël avec papé. Et il ne faut rien répéter. Jamais.

— De toute façon j'ai personne. Sauf Belle. Mais elle est déjà au courant, alors ça compte pas.

Un rire perlé résonna à l'entrée de la grotte. La curiosité d'Esther l'emportait sur sa timidité. La chienne s'approcha pour la flairer. La petite eut un brusque sursaut.

— T'as pas besoin d'avoir peur. Elle est pas méchante !

— C'est ton chien ?

— Oui. Mais c'est une femelle. Elle s'appelle Belle.

— Moi, c'est Esther.

— Moi, c'est Sébastien. Il faut pas trop la toucher, Belle, elle aime pas trop ça, sauf avec moi. Mais sinon elle est très gentille et intelligente, tu verras !

Jules et Louise Zeller étaient sortis en clignant des paupières, comme après un très long sommeil. Ils virent les deux enfants qui se dévisageaient, ayant tout oublié de ce qui les entourait. Jules et Louise avaient perdu le sens du temps et celui du rire. Leur monde tournait à l'envers depuis trop longtemps, ils le réalisèrent ce matin-là devant la joie de leur fille devant ce petit garçon qui parlait et agissait comme un vrai montagnard. Confusément, ils surent qu'ils devaient faire ce cadeau à Esther. Ce serait le seul qu'ils pourraient lui donner ce Noël de l'an 1943… Ils la laissèrent libre d'aller jouer avec Sébastien.

Esther avait dû se forcer à avaler la bouillie. Elle était trop pressée de jouer pour avoir faim. Sébastien lui avait prêté ses guêtres en grosse laine. Il se sentait responsable d'elle, très fier de lui faire découvrir sa montagne. Quand Belle jappa pour l'inciter à jouer, il souffla :

— Chut, Belle ! On joue à se cacher !

Ils firent la course et il laissa gagner la fillette pour qu'elle ne se décourage pas trop vite. Il lui montra ensuite comment faire des boules de neige bien rondes mais pas trop dures, et une fois qu'ils en eurent chacun une bonne provision, ils choisirent leur position, lui en contrebas pour lui laisser l'avantage, elle perchée sur une éminence. Ils se bombardèrent. Belle courait de l'un à l'autre et tentait d'attraper les boules en claquant des mâchoires sur le vide. Emportée par le jeu, elle finit par bousculer Esther et, gobant d'un coup la boule de neige, éternua violemment. La fillette explosa de rire.

— J'ai plus peur d'elle ! T'as vu ?

— J'ai surtout vu qu'elle a pris la dernière boule à ta place ! Elle t'a sauvée !

— Même pas vrai !

— Allez ! On fait la course jusqu'aux rochers.

— Quel rocher ? Y en a partout ! Tu triches !

Ils avaient oublié la consigne du silence, la guerre et le monde des adultes. En voyant Esther trotter à petits bonds maladroits, Sébastien ne tarda pas à la rejoindre et lui prit la main. Ils coururent au rocher et s'y adossèrent, à bout de souffle. Esther ferma les yeux sous la caresse du soleil, son visage de porcelaine plissé par un rire silencieux. Lui la contemplait, sidéré par sa blondeur et l'incroyable finesse de ses cheveux. Elle ressemblait à un lutin. Un lutin fille.

Plus tard, il repéra une colonie de coqs de bruyère qui paradait en contrebas. Il lui montra comment progresser sous le vent afin de les approcher. Elle suivait chacun de ses gestes. Puis, d'un coup, l'inquiétude l'envahit. Elle questionna :

— Tu es juif toi aussi ?

— Juif ? C'est quoi ?

— Rien. Alors tu vas à l'école ?

— Non. Et toi ?

— Avant si. Plus maintenant... Dis... si t'es pas juif pourquoi t'y vas pas ? Tu n'as pas besoin de te cacher, toi ?

— C'est juste que papé trouve que c'est mieux de m'apprendre les choses de la montagne. Il aime pas trop l'école. Il dit que ça sert à faire de la chair à canon ou des ouvriers pour l'usine. Et puis je préfère rester dans ma montagne avec Belle.

— Moi aussi j'aimerais bien !

— Tu peux ! On jouera ensemble et je t'apprendrai tout ce que je sais sur les coqs de bruyère et aussi les chamois et les bouquetins. Et à pêcher. Tu sais pêcher à la main ?

— Non. C'est comment ?

— Facile. Je te montrerai.

— Mes parents voudront pas. Il faut qu'on passe la frontière. Et c'est ta mère qui va nous conduire.

— C'est pas ma mère, c'est comme ma grande sœur. Tu vois là-bas ?

Il désigna la ligne des montagnes.

— C'est par là que vous passerez. Derrière c'est l'Amérique !

— Même pas vrai. Mon père il m'a montré la même montagne et il m'a dit que derrière c'est la Suisse. L'Amérique c'est de l'autre côté de la mer. Il faut prendre un bateau.

Devant la mine consternée de Sébastien, la fillette murmura :

— C'est pas grave. Tu viendras me voir ?

— Tu sais écrire ?

— Ben oui.

— Alors tu pourrais m'écrire « Amérique » ?

# CINQUIÈME PARTIE

# Chapitre 1

Angelina résolut de passer la veillée de Noël dans la grotte. Ils partiraient ainsi aux premières lueurs de l'aube.

Jules posa des questions sur la direction à emprunter, l'altitude à franchir, les dangers à éviter.

— On passera par le Grand Défilé. Venez voir.

La jeune femme lui montra le massif, pareil à un dôme de crème battue.

— Il n'y a pas de chemin à l'abri des regards ? demanda-t-il. On risque de nous voir de loin !

— C'est le seul passage praticable.

— Mais pourquoi les Allemands n'attendraient pas au point de passage ? Ils ne sont pas stupides !

Brusquement, Angelina réalisa la portée de ses actes. Passer des messages, fournir des miches de pain, tout cela n'était pas si grave ! Ce qu'elle s'apprêtait à faire engageait sa vie ! Il y avait des convois vers des camps, des otages qu'on passait par les armes à chaque attentat contre un officier de la Wehrmacht et des opérations de plus en plus sanglantes contre les maquis. La jeune femme ignorait l'identité de l'informateur du réseau, et pourtant le succès du passage reposait sur la valeur de ses informations ! À présent, il fallait rassurer un homme traqué en repoussant ses propres doutes. D'un ton uni, elle affirma :

— Ils ne peuvent pas être partout. Ce soir c'est Noël, même pour eux. Tout ira bien. Demain vous serez en Suisse. Je reviens tantôt avec une belle surprise et de la soupe au lard ! Veillez à ce que les enfants ne prennent pas froid en jouant trop longtemps dehors.

Elle commença sa descente. Midi approchait et il restait encore à prévenir César, à préparer le dîner et son équipement de randonnée. Sans compter la boulangerie et toutes les commandes qui attendaient !

***

— Un gâteau !

— J'en ai jamais vu d'aussi beau !

Ils étaient installés autour du feu, enveloppés dans les couvertures. Par l'ouverture de la grotte, on voyait le ciel piqueté d'étoiles. Esther avait presque oublié le goût du chocolat. Elle lorgna la part de Sébastien et aperçut le morceau de papier qui dépassait de sa poche. La feuille venait de son cahier secret. Dessus elle avait tracé le mot AMÉRIQUE en lettres capitales. Sa mère cria : « Joyeux Noël ! » Et Esther ferma les yeux pour goûter sa première bouchée.

Sébastien mangeait sans rien manifester, plongé dans ses pensées. Angelina coupa une part destinée à César, bien grosse, car elle se sentait coupable d'avoir abandonné le vieil homme.

— Tu vas porter ça à ton grand-père et puis tu l'embrasseras très fort de ma part. S'il demande pourquoi je ne suis pas rentrée, tu diras que j'ai une chose importante à finir, que c'est ma manière de fêter Noël.

— Tu lui as pas dit où on est ?

— Non. Il nous croit chez Guillaume, sans doute.

Sébastien hocha la tête, perplexe. Il salua Louise et Jules Zeller puis, cérémonieusement, prit la menotte d'Esther et la serra. Il aurait voulu l'embrasser sur la joue mais n'osa pas, à cause des autres qui regardaient en coin. À cause d'elle aussi et de son sourire qui tremblait.

# Chapitre 2

Maintes fois, au cours de la soirée, César était allé à la fenêtre pour guetter l'arrivée du petit. Lina l'avait prévenu tantôt, juste avant d'aller à la boulangerie, qu'elle dînerait ailleurs, sans préciser où. Guillaume ? Le vieux berger suspectait autre chose.

Sous le sapin, le chien en bois attendait. C'était une sculpture haute comme sa paume qui figurait un patou. La réplique de Belle. Il y avait passé des heures. C'était sa manière de demander pardon. Seulement le petiot n'était pas là et lui avait l'air malin avec son cadeau !

La messe de minuit avait-elle commencé ? Pas question d'y aller. Pas lui ! Tous ces curés et ces grenouilles de bénitier implorant un Dieu qui laissait crever les hommes dans la boue des tranchées, qui tuait les mères et se souciait si peu des orphelins !

Tandis que César fulminait, Sébastien pénétrait dans le village. Belle et lui marchaient en silence dans l'ombre des maisons. Il songeait aux lettres qu'Esther avait tracées et tentait de se remémorer le mot en entier.

L'école était plongée dans l'obscurité. L'instituteur s'était absenté pour les fêtes. L'enfant attendit d'être dans le couloir pour allumer sa lampe torche. Le faisceau de lumière balaya une porte vitrée. Il tourna la poignée et pénétra dans la salle de classe. Tout au fond, un dessin immense était tendu entre deux baguettes de bois, fixé au mur grâce à une ficelle retenue par un clou.

C'était la carte du monde ! Sans hésiter, il la décrocha.

Une fois sur le sol, les contours du monde lui parurent moins impressionnants. Il dut marcher dessus pour comparer les lettres en capitales. Le mot AMÉRIQUE semblait facile à déchiffrer. Esther avait aussi écrit FRANCE. Ce mot-là était facile à reconnaître sur la carte car le maître avait planté dessus un petit drapeau bleu. Si César disait vrai, alors ce serait quelque part à côté.

Il hésita. ALLEMAGNE. Plus loin, ALGÉRIE. Et les lettres AMÉ. AMÉRIQUE !

Il avait trouvé ! Son enthousiasme retomba aussitôt. Esther avait raison. L'Amérique de sa mère était de l'autre côté de la mer bleue !

L'enfant se mit à pleurer. Il pleurait les souvenirs flous du visage de sa mère, son attente toujours déçue. Il pleurait de se sentir différent, un sauvage, un gitan, comme disaient les autres ! Pourquoi son papé promettait-il que sa mère viendrait ? Ça faisait des années qu'il attendait, lui !

Inquiète, Belle lécha sa figure mouillée de larmes. Quand ses sanglots se calmèrent, elle se coucha à ses pieds : il se blottit contre elle et finit par s'endormir.

# Chapitre 3

L'horloge marquait trois heures du matin. Peter Braun n'avait qu'une envie : dormir. Erich Krauss se tourna vers lui, le verre levé dans une parodie de salut. Peter inclina vaguement la tête.

Il repoussa sa chaise et rejoignit la fenêtre. À travers la buée, on apercevait la crête dentelée du massif. Dans quelques heures, Guillaume serait là-haut, avec les clandestins…

— Mon lieutenant ?

— Oui, Schultz ?

— Si vous étiez un youpin et que vous vouliez rejoindre la Suisse, vous feriez ça quand ?

Peter se figea. Et puis la colère l'envahit. Qu'est-ce que cet abruti de Schultz avait en tête ? Déjà l'autre reprenait :

— Moi, si j'étais un youpin, je ferais ça très tôt, le matin de Noël. Parce que je m'en foutrais royalement de la naissance de Jésus, pas vrai ?

Krauss asséna un coup de poing sur la table.

— Hans a raison ! Qu'est-ce que vous en dites, mon lieutenant ? On peut y aller ?

— Aller où, soldat ?

— Au Grand Défilé.

La mort dans l'âme, il céda :

— Soit. Allez vous planquer là-haut. Je veux un rapport toutes les heures.

— À vos ordres !

Braun observa leur sortie, le bravache ivre entraîné par le caporal. Ce serait de ce dernier que viendrait le danger.

Il devait préparer son alibi. Ensuite il s'équiperait pour rejoindre la grotte au plus vite et avertir Guillaume. Avec de la chance, il arriverait juste à temps.

***

César s'ébroua, ankylosé d'avoir passé la nuit dans le fauteuil. Il empoigna un bâton et sortit. L'inquiétude lui avait laissé un goût de fer dans la bouche. Il hésita sur le chemin à prendre, finit par emprunter celui du haut, par habitude. Peut-être que l'enfant dormait à la bergerie. À vingt mètres, il discerna les traces inscrites sur le sol recouvert d'une mince pellicule de neige. Le petit était passé par là. Il se pencha pour évaluer le moment du passage. Ensuite il se mit en marche.

Il ne croisa personne jusqu'à l'école. Pourquoi Sébastien avait-il cherché refuge ici ? Décidément, il devenait trop vieux. Lina avait raison. Le gamin avait besoin d'une véritable éducation et pas des enseignements d'un vieux fou !

Dans la salle de classe, le petit dormait, lové contre Belle. Sur le sol, César distingua une carte du monde. Sébastien dormait sur le continent américain ! César recula lentement.

Cette fois, il savait quoi faire.

Avant de cogner à la porte, César appela. Un volet s'entrouvrit, la trogne ahurie de Marcel apparut.

— Je viens t'acheter ta montre, lui lança César.

— Ma montre ? Tu sais de quoi tu parles ?

— Je cause de ta montre en or. J'ai de quoi.

— À quoi ça te servirait ?

— C'est mon affaire. La tienne c'est de me donner un prix, on discute et on tope là.

— Entre… mais si tu crois que je vais m'attendrir parce que c'est Noël…

— Je ne crois rien et surtout pas aux miracles, Combaz.

Quand César retourna à l'école, le jour venait de se lever. Cette fois, il poussa la porte vitrée et l'enfant ouvrit des yeux ensommeillés.

— Papé !

— J'ai un cadeau pour toi. À dire vrai, j'en ai même deux mais j'ai oublié l'autre au pied du sapin.

Il tendit un paquet.

— Ouvre. C'est pour toi.

Le papier se déchira, dévoilant la montre en or. L'enfant souleva le couvercle d'une geste machinal, comme il l'avait vu faire par le maire. Le cadran apparut. Sur la partie grisée, on pouvait voir le nord.

— Qui te l'a donnée ? C'est pas maman et Elle est pas en Amérique… Pourquoi tu m'as menti ?

— La montre vient de moi, pour me faire pardonner. Ta maman est morte, Sébastien. C'était une gitane. Je l'ai recueillie il y a huit ans de ça dans la neige, près des alpages. Elle était pas loin d'accoucher, alors je l'ai portée jusqu'au refuge. Le temps pressait. Je l'ai aidée à te mettre au monde. Elle m'a fait promettre de prendre soin de toi. Et puis elle a fermé les yeux… Je l'ai enterrée à côté du refuge. Je te montrerai. À la seconde où elle t'a posé dans mes mains, je t'ai aimé comme on aime son fils. Un peu comme la brebis et le chamois.

— Pourquoi t'as menti ?

— J'aurais dû tout te dire. Seulement, à mesure que tu grandissais, ça devenait plus difficile. Un jour tu m'as posé une question et j'ai inventé un mensonge. Ensuite c'était plus possible de revenir en arrière… Il y a beaucoup de choses que j'ai comprises la nuit dernière, Sébastien. Toutes ces semaines où tu faisais la gueule. Je ne te reproche rien. Tu avais raison.

— Pourquoi tu as dit qu'Elle vivait en Amérique ?

— Parce que c'est le premier pays qui m'est sorti ! C'était idiot, et encore plus de te désigner la montagne et de prétendre que l'Amérique se trouvait derrière. J'ai cru que tu oublierais…

— Et pourquoi tu as dit qu'Elle pensait à moi tout le temps ?

— Ce n'était pas un mensonge. Ta mère, elle est partout, Sébastien. Elle est dans la montagne et dans ce morceau de terre. Ta mère c'est le vent sur ta joue, la neige au bout de tes doigts, l'herbe qui chatouille tes mollets… Son amour te porte partout où tu vas.

L'enfant avait baissé la tête et pleurait doucement. L'angoisse s'apaisait, cette peur qui l'empêchait de respirer quand il essayait de se souvenir de sa mère. Le premier visage de femme penché vers lui avait été celui de sa sœur adoptive. Quand toutes les larmes eurent coulé, il tendit la main à César pour lui montrer qu'il était pardonné. Le berger avait patienté sans essayer de le consoler. Maintenant que la vérité était dite, il se sentait réconcilié avec lui-même.

— Tu voudrais bien m'accompagner à la bergerie ?

— Maintenant ?

— Oui. Ça me ferait plaisir. Le troupeau aussi sera content de te revoir. Et puis tu ne m'accompagneras plus si souvent, tantôt.

— Pourquoi ?

— Il est temps qu'on t'inscrive à l'école. Ça te plairait ?

— Je sais pas… mais je crois bien que oui.

# Chapitre 4

— Il faut partir ! Le jour se lève dans une heure et le ciel est dégagé. Il faut y aller avant que le temps se gâte, dit Angelina.

— Une tempête ? interrogea Louise.

— Pas aujourd'hui... J'espère.

Ils prirent la direction du premier col. Jules marchait devant Esther, veillant à faire de courtes enjambées afin qu'elle puisse mettre ses pas dans les siens. En une demi-heure, ils atteignirent un replat. On distinguait, un peu plus haut, le passage des Chamois. Ils soufflèrent, soulagés.

— On va y arriver.

Lina s'apprêtait à repartir quand un mouvement, du côté de la grotte, attira son regard. Guillaume ? C'était impossible. Il aurait boité. Et jamais il n'aurait revêtu un manteau vert-de-gris.

Louise poussa un glapissement de terreur.

— Mon Dieu, un Allemand !

— On ne s'arrête pas. Si on avance vite, on a une chance de lui échapper.

L'homme venait de lever la tête. Le lieutenant Braun ! Un sentiment de trahison la submergea. Le Boche avait dû la reconnaître lui aussi, car il se mit à gesticuler. Il semblait vouloir lui faire comprendre quelque chose… pour les retenir et les piéger ? Lina fit signe aux Zeller de la suivre et attaqua la pente. Jules avait pris sa fille dans ses bras. Louise fermait la marche. Un appel retentit :

— Revenez, Angelina, revenez ! Attendez !

— On n'y arrivera jamais, souffla Louise.

Un roulement lui fit écho. Lina cria :

— Courez vers la paroi ! Vite ! Vite !

Du sommet de l'éperon rocheux qui les surplombait, un nuage de vapeur venait d'apparaître, précédant la masse blanche. La montagne tout entière parut basculer. L'avalanche arrivait déjà sur eux, les dépassait, torrentielle, monstrueuse. Le souffle de sa course les gifla durement.

Peter Braun vit la déferlante arriver sur lui. Il ferma les yeux au dernier moment, par réflexe. La vague l'enveloppa et tout disparut. Il sombra, englouti.

***

César et Sébastien venaient d'atteindre le col des Glantières. La chienne les dépassa, plus rapide qu'une flèche.

— Belle !

— Une avalanche ! Elle a senti le danger. Ne t'inquiète pas, elle sait quoi faire.

Ils atteignirent l'entrée de la combe. Une trombe de neige comblait un pli du versant sud, celui qui menait vers le Grand Défilé. Belle creusait frénétiquement. César grogna :

— Il y a quelqu'un dessous.

Ils n'avaient pas remarqué tout de suite le petit groupe de grimpeurs accrochés à mi-pente.

— Bon sang, Lina ! Qu'est-ce qu'elle fiche par ici ! Je pensais…

À cet instant, César comprit. Les paniers trop pleins, les miches qui apparaissaient parfois à la maison pour disparaître aussitôt. Ces fichus résistants, qu'avaient-ils donc besoin d'aller enrôler sa petite-fille pour faire passer des gens en Suisse !

Sébastien criait des encouragements à la chienne. Belle creusait, concentrée sur un point précis. Le berger dit à Lina, qui venait de le rejoindre :

— Explique-moi.

— On en parlera plus tard. Il y a un homme là-dessous. L'Allemand. Il nous poursuivait.

— De quoi tu causes ?

— Le lieutenant Braun. Celui du lundi, qui vient chercher le pain.

La chienne redoubla d'efforts. Un bras apparut, puis une épaule. Aussitôt, Angelina et Sébastien se précipitèrent. Braun avait eu de la chance. César lui martela la poitrine à coups secs, rapides. Pris d'une quinte de toux, Peter tenta de se redresser, crachant et grognant en allemand.

— On se calme, l'officier ! Respirez à fond. On va aller chercher de l'aide, lança Lina.

Mais Braun saisit le poignet de la jeune femme. Elle le regardait sans réagir, partagée entre l'horreur et la fascination.

— Mademoiselle… Il ne faut pas aller au Grand Défilé. Mes hommes… Je n'ai pas pu les empêcher. Ils vous attendent. Où est le docteur Favre ?

C'était Braun l'informateur ! Un Allemand. Voilà pourquoi Guillaume était si sûr de ses renseignements… Il savait ! Depuis quand ? Est-ce qu'ils avaient parlé d'elle ? Comme ils avaient dû se moquer de sa naïveté !

— C'est vous ? Depuis le début ?

Elle ne put s'empêcher de tendre la main pour toucher son visage. Sa joue était froide comme celle d'un mort. Il tressaillit et elle rougit violemment. Le soulagement était en train de lui faire perdre la tête. Braun n'était pas un ennemi. Il était de leur côté ! Tout s'expliquait ! Ou presque tout... Peter semblait lire dans ses pensées. Il prononça son nom avec une douceur qui lui tordit le cœur.

— Angelina...

— Pourquoi ne m'avez-vous rien dit ?

— Pour vous protéger...

Une exclamation rogue les interrompit. César s'impatientait. Il fallait déguerpir et vite ! Un Boche, même amical, ça n'allait pas. Les autres n'allaient pas tarder à rappliquer.

— Vous, monsieur l'officier, si vous ne voulez pas crever d'un coup de gel, faudrait songer à vous faire redescendre au village. Quant à toi, Lina, même si je suis pas censé comprendre, il faut te décider.

Il désignait les Zeller qui s'étaient décidés à dévaler la pente.

Angelina parut sortir d'un rêve et se tourna à nouveau vers Peter.

— On ne peut pas aller vers le Grand Défilé puisqu'il y a vos... des soldats. De toute façon, avec l'avalanche, le chemin est bloqué. Vous pensez qu'on peut se cacher au village ? On repartirait cette nuit…

Braun secoua la tête, la mine sombre.

— Mes hommes verront vos traces. La grotte sera découverte. Ils fouilleront aussi Saint-Martin. Vous devez disparaître !

César se tourna vers l'est.

— Alors il ne reste que le Baou.

— Le glacier ? Il est couvert de crevasses !

Sébastien intervint à son tour :

— Belle saura les repérer ! Tu as vu comment elle a mené Guillaume ?

Les Zeller, ébahis, suivaient la discussion. Lina interrogea le berger.

— Qu'est-ce que tu en penses, toi ?

— Le petit a raison. Les loups le font et cette chienne a l'instinct du sauvage, elle doit pouvoir flairer les failles.

— Si la chienne va au Baou, Sébastien devra rester, sans quoi elle risque de nous filer entre les doigts ! Tu es d'accord pour qu'il nous accompagne ?

Le vieil homme s'agenouilla devant l'enfant.

— Ta sœur et moi on a fait de l'escalade l'été dernier, elle connaît le chemin. Quand vous serez arrivés au col, rappelle-toi, il y a une roche, on dirait un cervidé. C'est la frontière.

À la stupéfaction des Zeller, l'Allemand prit la parole à son tour :

— Mes hommes ne sont jamais allés de ce côté. Le vieil homme a raison, c'est le seul moyen. Le problème ce n'est plus seulement ces… personnes. Si on vous arrête, tout le monde sera impliqué, les enfants aussi et… le commandant est un partisan des méthodes fortes. Moi, je dirai que j'ai voulu vous attraper, que le berger m'a sauvé la vie. Partez, Angelina ! Tout de suite !

L'espace d'un instant leurs regards s'accrochèrent, regret et désir mêlés. Leurs routes se séparaient ici, ils le savaient. Angelina prit la main du lieutenant et la serra doucement. Puis elle se releva.

— Sébastien, tu ouvres la marche avec ta chienne. Louise, Jules, on y va !

***

Comme Braun le redoutait, Hans et Erich avaient entendu l'avalanche. Ils grimpèrent sur le promontoire d'où on découvrait toute la vallée.

Un petit groupe venait de disparaître derrière une congère, probablement des juifs ou des communistes ! Fous de joie, ils se congratulèrent. Après un tel exploit, plus personne n'irait mettre en doute leur bravoure !

Hans s'empressa de tourner la manivelle de la radio.

Comme par miracle, la ligne était claire.

— Des fugitifs ont été aperçus au-dessus de Saint-Martin. Ils se dirigent vers l'est, en direction de la frontière suisse. Ils vont vers le Baou.

# Chapitre 5

Au milieu du glacier, Belle ouvrait la procession, suivie par les enfants. Jules et Louise venaient derrière, puis Angelina. À intervalles réguliers, celle-ci se retournait et examinait la pente, les replis du terrain. Elle avait l'angoissante impression que les soldats pouvaient surgir à tout instant de nulle part. Jamais elle n'avait eu si peur de sa vie !

Belle courait en avant, flairait le sol puis revenait vers le groupe. On aurait dit qu'elle voulait les inciter à aller plus vite.

Vers deux heures de l'après-midi, ils s'abritèrent derrière une congère pour manger du pain et du fromage. Lina priait pour que le temps se maintienne. Jules et Louise voulaient simplement en finir avec ce cauchemar. Les heures passant, ils ne savaient plus quel enfer redouter, les Allemands lancés à leur poursuite ou bien ce paysage de glace battu par un vent cruel.

En milieu d'après-midi, des nuages venus de l'ouest affluèrent et l'angoisse de Lina monta d'un cran. Le flux noir dégorgé par les nues évoquait une avalanche, plus lente et plus sournoise que le torrent de neige. En cas de tempête, ils courraient un danger mortel. Pour l'instant l'effort de la marche leur donnait chaud, mais dès qu'ils s'arrêteraient… Heureusement, ils avaient une provision de bois et de nourriture.

Les Boches devaient être sur leurs talons. Des soldats entraînés au combat, bien équipés. Bien sûr, la chienne les menait. C'était leur meilleur atout. Ils avaient de l'avance et, Dieu merci, les enfants ne faiblissaient pas.

Angelina remonta vers la tête du convoi. Sébastien l'interpella, les yeux plissés :

— Ça va ?

— Tu crois que vous pouvez accélérer un peu ?

Il hocha la tête, se retenant de protester. Lina apostropha gentiment la fillette :

— Donne-moi la main, tu veux bien ? On ira plus vite ensemble.

Devant le visage blême d'Esther, la jeune femme étouffa un élan de pitié. Si la fillette craquait maintenant, ils mourraient tous. Elle assura, d'une voix un peu trop enjouée :

— La nuit ne tardera plus. Dès que je vois un endroit pour bivouaquer, on s'arrête et on se repose.

— On doit passer la nuit dehors ? Et la frontière ? On peut peut-être y arriver avant, non ?

Jules venait de les rejoindre. Elle répondit durement, afin qu'il saisisse le message implicite.

— Impossible. On n'a pas encore passé la zone des crevasses et mieux vaut éviter de faire ça de nuit. Après le col, on aura fait le plus dur.

Ils ignoraient que derrière eux, à moins de quatre heures de marche, un commando venait de retrouver leurs traces.

***

Au cœur de cette nuit glacée, les flammes luttaient contre l'opacité des ténèbres. Pour que le brasier dure, Lina le nourrissait aussi parcimonieusement que possible. Une bise mauvaise chargée de flocons leur gelait les os.

Elle avait fini par donner le signal du bivouac. Ils devaient se réchauffer, tenter de dormir quelques heures avant de repartir. La provision de bois n'était pas suffisante, bientôt la nuit se refermerait sur eux. Jules, pour les protéger un peu, avait bâti un muret de neige tandis que les femmes s'affairaient à préparer le foyer, sortir les couvertures et de quoi composer un repas frugal.

Esther avait sombré dans un sommeil profond. La chienne s'était couchée contre elle. Apparemment elle avait résolu de veiller la plus fragile. Jules s'occupait de faire bouillir de la neige. Ils avaient du pain, du lard et du fromage, mais il fallait boire chaud tant que c'était possible.

Sébastien vérifia la cicatrice de la chienne. Elle paraissait propre. Il examina ses coussinets et lui massa les pattes. L'enfant avait cru remarquer un léger boitillement, mais il n'était pas sûr.

Une petite voix fluette les tira soudain de leurs réflexions :

— C'est beau ! On dirait comme des chenilles qui font de la lumière.

À cet instant, Lina fut traversée d'un frisson qui ne devait rien au froid. Sauf si la peur est un morceau de glace. Esther, le visage tourné vers la pente, montrait une succession de points lumineux.

— Les Allemands ! Ils nous ont retrouvés ! s'exclama Jules. Ils ont des torches et ils avancent ! Vous voyez comme les lumières filent ?

— Ils ont probablement des skis. Sébastien, tu éteins le feu. Avec beaucoup de chance ils ne l'auront pas vu. Arrose-le de neige !

Sébastien aida Esther à enfiler ses raquettes. Belle se tenait déjà prête à repartir, la queue battant l'air.

— Je crois bien que j'ai une idée, dit soudain Sébastien.

Il tira les deux cordes du sac à dos.

— Tu veux escalader la falaise ? s'étrangla Lina.

— Mais non ! Je vais juste m'accrocher à Belle. L'autre corde, la plus longue, je l'attache à ma taille et vous la tiendrez tous, comme ça personne ne se perdra dans le brouillard.

Il s'accroupit devant Belle.

— Écoute, ma Belle. Ces Boches, là en bas, ils veulent tuer Esther et ses parents. Moi, je pense qu'on peut les conduire à l'abri, mais seul, j'y arriverai jamais. Je sais que tu peux nous guider. Sauf qu'avec cette neige on risque de pas te voir, t'es trop blanche, alors il faut trouver un moyen pour pas se perdre même si ça risque de pas te plaire.

Il commença à nouer la corde autour du cou de la chienne. Belle se dégagea en fixant l'enfant d'un air de reproche.

— D'accord ! J'ai compris. Par le cou tu veux pas. Tu as raison. Il y a un autre moyen. On essaie ?

Il glissa la corde sous ses pattes et le poitrail, puis fit une boucle ni trop lâche ni trop serrée.

— Tu vas nous conduire dans le glacier, et tu nous sauveras des Boches et un jour tout le monde saura que tu es la meilleure chienne de cette montagne !

***

Ils marchaient enfermés dans un cocon de neige. Par moments, la chienne stoppait pour renifler la glace. L'enfant, courbé contre la tempête, vérifiait alors leur direction sur la boussole de sa montre. Lina lui avait expliqué où se situait la passe par rapport au nord. Les autres en profitaient pour souffler.

Lorsque la montée devint trop escarpée, Sébastien désigna une haute congère où ils pourraient s'abriter des rafales. Derrière le mur de glace, ils s'accroupirent les uns contre les autres pour tenter de se réchauffer un peu avant de se remettre en route.

Ils mirent deux heures à gravir la dernière côte du glacier. Angelina tenait la petite par la main. Elle avait oublié sa peur pour se concentrer sur chaque pas. Quand l'épuisement gagnait, la corde semblait s'animer pour les tirer en avant. Ainsi, au milieu de cet enfer où la mort régnait partout en soufflant son haleine glacée, l'espoir revenait.

Le jour se leva. Ils étaient vivants. Gelés, harassés mais toujours debout. On pouvait presque se prendre à espérer que les Boches s'étaient perdus dans la tourmente...

# Chapitre 6

La section progressait derrière le commandant Straub et le pisteur, un montagnard bavarois. Quand la tempête s'abattit sur eux, Straub ordonna de doubler la cadence. Les soldats peinaient sous les bourrasques. Quant à Hans et Erich, embarqués malgré eux dans l'expédition, ils tenaient à peine debout.

Ils avaient trouvé les premières traces en bas du col qui menait au Baou. Les juifs ne devaient guère avoir plus de quatre heures d'avance.

Quinze heures plus tard, ils marchaient au milieu des ténèbres. C'était à cause de ce maudit Bavarois, qui tremblait à l'idée de rencontrer des crevasses ! Le chien des fugitifs était bien meilleur pisteur.

Une certitude rassurait néanmoins le commandant. Il n'existait pas d'autre passage que le col du Baou. Les fuyards étaient là, devant. Céder maintenant serait reconnaître qu'une bande de civils pouvait se montrer plus résistante que ses soldats ! Il les trouverait et les ramènerait morts ou vifs. Après cela, personne n’oserait se risquer là-haut.

***

Angelina portait Esther sur son dos. La petite était épuisée. Elle ne sentait même plus le froid. Elle voulait juste dormir.

L’accalmie n’avait guère duré. Désormais leur monde se résumait à cet enfer blanc. Chaque pensée était concentrée sur l’effort de lever un pied puis l’autre, de ne pas trébucher, encore un pas, un autre, un autre encore.

La chienne cheminait la truffe au ras du sol. Elle avait flairé la déchirure dans la montagne que les hommes nommaient col. Juste derrière elle, Sébastien profitait de sa puissance pour avancer.

L’immense crevasse sortit de la brume à travers une trouée creusée par un courant plus violent. Le spectacle arracha aux fugitifs un hoquet de surprise. Puis de désespoir.

Une coulée de glace enjambait un précipice vertigineux qui coupait l’accès au col, mais ce pont semblait bien trop fragile pour qu’on puisse l’emprunter.

Sébastien consulta sa boussole.

— Le col est juste devant.

— Ce pont est trop fragile ! On n'y arrivera jamais !

Mais il n'y avait pas d'autre passage. Ils n'avaient pas le choix.

Belle semblait pressée de franchir l'obstacle. Sébastien s'accroupit devant elle. Il connaissait son flair et lui aussi ressentait l'urgence de bouger. La chienne ne s'était jamais alarmée pour rien.

— Tu passes la première, mais doucement.

Belle fit un pas, puis un autre. Le pont semblait tenir. Sébastien l'encouragea. Mais soudain, une rafale de vent la déséquilibra ; ses pattes arrière ripèrent sur le bord, là où l'amas de neige déposé par la tempête n'avait pas eu le temps de durcir. En une seconde elle avait disparu.

Aussitôt la corde se tendit et Sébastien fut happé à son tour. Il cria. Lina avait bondi. Elle n'eut que le temps de bloquer son frère par les jambes.

— La corde. Il faut l'assurer.

Zeller bloqua la corde. Angelina chuchota :

— On va remonter la chienne. Chaque fois qu'on tirera la corde tu reculeras d'un pas, d'accord ? On sera devant toi et si tu glisses on pourra te retenir. Esther, tu restes avec lui. Les enfants reculent, les adultes tirent.

— Attends un peu, Belle, lança Sébastien. On vient te chercher. Du calme.

Quand ses pattes touchèrent le sol, Belle avait déjà oublié sa panique.

De soulagement, l'enfant pleurait.

***

Ils traversèrent les uns après les autres, conscients que chaque seconde, chaque geste comptait. La chienne passa en premier. Lina franchit le pont en quelques foulées et alla se poster au bord du vide. Jules lui lança une corde dont il garda en main l'autre extrémité. Esther traversa d'un pas léger.

— À toi, maman ! C'est facile !

Louise traversa sans regarder ses pieds. Depuis leur départ de Paris, la certitude de la mort lui servait d'aiguillon. Une fois en lieu sûr, elle tomba sur la glace avec un sanglot.

Sébastien s'engagea à son tour. Il lui fallut neuf pas pour franchir la langue de glace.

Quand Jules Zeller se trouva au-dessus du vide, il songea fugitivement qu'il suffirait de se laisser glisser. Ce serait facile, presque un soulagement… Il revint à la réalité sans savoir comment il avait accompli les derniers pas. Lina riait, trop fort.

— On a réussi !

Sébastien cria :

— Et les Boches ? Tu les oublies ?

— Louise, pouvez-vous me passer le piolet ?

Elle s'empara de l'outil.

— Qu'est-ce que tu fais ? demanda Sébastien.

— Je nous donne du temps.

Elle banda ses muscles et asséna un coup violent à la limite de la glace, arrachant un bloc qui tomba dans le vide. Sa longue angoisse explosait soudain, une fureur qui lui insufflait une force démesurée. En quelques coups, la glace s'effrita. Jules s'était accroupi et cognait, muni du second piolet. Il y mettait lui aussi toute sa rancœur, toute sa peur. Brusquement, une fissure énorme zébra la surface gelée. La glace céda tandis que Lina rugissait de triomphe. Ce qu'il restait du pont ressemblait à un plongeoir ouvert sur l'abîme.

***

Hans tenait à peine debout. Il était en train de vivre son pire cauchemar. Il crèverait les pieds gelés. Son nez tomberait, rongé par les engelures. Il avait entendu dire que le froid était pire que la lèpre ! Il interpella son compagnon :

— Je crois pas que je vais tenir longtemps.

— On n'a pas le choix. Tout ça c'est à cause de ton idée de merde, Hans !

— Non ! C'est la faute à Braun. Et c'est toi qui l'as convaincu !

Straub venait vers eux. Sa voix avait un accent de triomphe.

— On les tient ! Pour être sûrs de les coincer on va former une ligne et on les prendra en tenaille. Restez tous à vue ! Exécution !

Derrière Straub, à quelques pas, les soldats avançaient. Tous voulaient en finir.

Soudain un cri perça la rumeur du blizzard, suivi d'un second hurlement.

— Soldats, comptez-vous !

— Commandant, je crois qu'il manque Glaas et Vogel, dit un homme d'une voix altérée.

Straub chercha son guide du regard et l'aperçut à une vingtaine de mètres, gesticulant.

— Ils sont tombés !

En approchant, les soldats virent ce que la brume leur avait caché. Un ravin béant qui formait sur cette blancheur une cicatrice vertigineuse.

# Chapitre 7

La tempête se calma sitôt passé le col du Baou. Pour la première fois depuis leur départ, Belle montrait des signes de lassitude. Sébastien s'agenouilla à ses côtés et dénoua la corde. En relevant les yeux, il aperçut le rocher dont César avait parlé, un profil effilé couronné par deux bras de pierre qui pouvaient ressembler à des andouillers. Il se mit alors à courir en hurlant ; Esther lui emboîta le pas. Harassés, les adultes les regardaient dévaler la pente enneigée, poursuivis par la chienne qui jappait. Ils se dévisagèrent, n'osant comprendre. Angelina brisa cette stupeur d'un rire nerveux.

— On est arrivés ! On est en Suisse ! Vous êtes sauvés !

Louise se mit à pleurer sans bruit.

— Tu la voyais comme ça, l'Amérique ? murmura Esther à Sébastien.

— C'est pas l'Amérique. T'avais raison. Un jour, je viendrai te voir…

— Tu le promets ?

— Juré craché.

***

Ils parvinrent au lieu de rendez-vous, un refuge d'altitude, avec plus de douze heures de retard. Ils y trouvèrent des bûches et des patates dans un sac de jute, une jatte de lait frais. L'homme chargé de les accueillir s'était lassé de les attendre, mais avait laissé les provisions.

Le lendemain matin, Angelina, qui venait de sortir du refuge, vit surgir un berger, armé d'un solide bâton.

— C'est vous les gens de Saint-Martin ?

Il semblait sidéré.

— J'ai vu vos traces ! Vous êtes passés par le col du Baou !

— Oui.

— Où est Guillaume ?

— C'est moi qui le remplace.

— Vous ! Par cette tempête ?

— Oui. Grâce au chien. On l'a suivi.

Angelina désigna Belle qui se reposait au soleil. La chienne se leva et s'approcha.

— Elle nous a sauvé la vie.

Le berger interrogea :

— Vous repartez tout de suite ?

— Pas encore. Je vais vous expliquer… Les enfants ? Vous pouvez m'attendre en bas du chemin ? Je dois discuter avec le monsieur…

Le moment de la séparation était venu. Sébastien et Esther s'éloignèrent sans oser se prendre la main. Esther se retenait de pleurer. Pourtant elle se sentait si heureuse depuis qu'ils avaient passé cette frontière ! Tout avait changé. Ses parents aussi. C'était bizarre ce mélange de joie et de tristesse. Elle jeta un coup d'œil à Sébastien. Il restait les bras ballants, sans rien dire. Esther dissimula un sourire. Les garçons étaient toujours plus empotés que les filles.

— Tu sais, je t'oublierai pas. Jamais.

— Moi non plus.

Elle se hissa sur la pointe des pieds et posa ses lèvres contre sa joue. Ensuite, elle appela Belle qui s'empressa de venir les rejoindre, la queue battante.

— Même si tu es très grosse, tu me fais plus peur. En plus, tu es très jolie et de tous les chiens et les chiennes de la terre c'est toi la plus courageuse !

***

— Je ne vais pas rentrer avec toi, bonhomme. Est-ce que tu te sens capable de revenir par le col du Défilé tout seul ?

— Mais pourquoi tu veux rester avec eux ? interrogea Sébastien.

— Je ne reste pas avec les Zeller. Je vais tenter de rejoindre Londres. Au village, je suis grillée. Et je veux aider à gagner cette guerre. Tu comprends ? Je reviendrai dès que la guerre sera finie. Ça va aller ?

L'enfant hocha la tête, gravement, et murmura :

— T'inquiète pas, j'ai Belle avec moi.

Sa sœur le contempla, les yeux brillants. Ce regard plein d'amour, il le reconnaissait. Ce n'était pas celui du fantôme de sa mère. Angelina veillait sur lui depuis sa naissance. Elle avait toujours été là. Et maintenant elle partait dans un autre pays ! D'abord Esther et puis Lina…

Percevant son désarroi, la jeune femme l'attira contre elle.

— Sans toi et ta chienne, jamais on n'aurait franchi cette frontière. Si elle ne nous avait pas guidés jusqu'au pont de glace, si elle n'avait pas senti les Allemands, on serait morts…

Les Zeller venaient d'apparaître sur le seuil du refuge, sacs au dos. D'un ton plus léger, elle interrogea :

— Tu as compris le chemin ?

— Par le col du Corvier et ensuite je tombe sur le Grand Défilé. Une petite balade !

— Surtout avec Belle ! Tu diras à César que je l'aime. Et à Guillaume… Tu diras que…

— Que tu l'aimes aussi ?

Ils éclatèrent de rire et se serrèrent l'un contre l'autre. Cette fois ils ne cherchaient plus à retenir leurs larmes. Le berger rejoignit Angelina à l'instant où Sébastien s'éloignait. L'homme ouvrit de grands yeux stupéfaits.

— L'enfant, il part tout seul !

— Il n'est pas seul.

Lina tenait la main d'Esther serrée dans la sienne. L'enfant et la chienne n'étaient plus, au loin, que deux petits points noirs.

Sébastien avait chaussé ses raquettes et avançait d'un bon pas, en dépit de l'épaisseur de la couche neigeuse. Soudain, à mi-côte, il se tourna vers eux. On ne distinguait pas son expression, mais Esther et Lina devinèrent qu'il souriait. Il enlaça le cou de Belle et agita l'autre bras, puis il se détourna et entreprit de dévaler la pente. Devant lui, la chienne blanche bondissait.

# Épilogue

Le printemps était arrivé tardivement en cette année 1944. Depuis quelques jours, il semblait vouloir rattraper le temps perdu. Les couleurs explosaient, les pensées blanches ou jaunes, les gentianes d'un bleu éclatant, les crocus violets. La couche neigeuse avait fondu ; seules quelques plaques de glace subsistaient dans les replis de la montagne.

Un aboiement retentit, suivi de jappements surexcités. César, qui venait de s'asseoir devant la bergerie, s'exclama, moitié bougonnant moitié rieur :

— Tête de mule ! Tu les choperas jamais !

Rien que d'imaginer la chienne fonçant derrière les marmottes, un rire le chatouillait. Les bestioles se montraient bien trop vives et malignes pour elle ! Frustrée, la chienne enrageait à fouiller les terriers, jusqu'au moment où elle se retrouvait à moitié coincée dans le boyau de terre. On la voyait revenir bredouille, le museau tout noirci de boue.

Le berger leva son visage vers le soleil. Tout à l'heure, ils iraient voir les agneaux. Après les devoirs, évidemment. Tout ce qu'on pouvait leur fourrer dans la caboche ! N'empêche… la guerre prendrait fin, bientôt. Et une fois devenu un homme, Sébastien choisirait son avenir.

César aperçut d'abord la chienne qui bondissait vers la bergerie, puis Sébastien émergeant à la lisière du bois, flanqué des gamins de la ferme Ducrocet. Le trio était devenu inséparable.

Belle arrivait en trombe. Elle s'assit devant le berger, sagement. Depuis qu'elle l'aidait avec le troupeau, ils s'entendaient à merveille.

César lui flatta la tête et se leva pour accueillir Sébastien et ses amis.

Composition Nord Compo

Cet ouvrage a été imprimé en Espagne
par Rodesa

« Pour l'éditeur, le principe est d'utiliser des papiers composés de fibres naturelles, renouvelables, recyclables et fabriquées à partir de bois issus de forêts qui adoptent un système d'aménagement durable. En outre, l'éditeur attend de ses fournisseurs de papier qu'ils s'inscrivent dans une démarche de certification environnementale reconnue. »

20.4306.5 – ISBN 978-2-01-204306-0
Dépôt légal 1re publication : octobre 2013

Édition 01 : octobre 2013

Loi n° 49-956 du 16 juillet 1949
sur les publications destinées à la jeunesse.